U1011663

胡适文集

HUSHI WENJI

我们所应走的路

胡适 著

北京理工大学出版社
BEIJING INSTITUTE OF TECHNOLOGY PRESS

版权专有 侵权必究

图书在版编目（CIP）数据

我们所应走的路 / 胡适著. — 北京：北京理工大学出版社，2016.8（2023.2重印）

（胡适文集）

ISBN 978-7-5682-2464-2

Ⅰ.①我… Ⅱ.①胡… Ⅲ.①散文集－中国－现代 Ⅳ.①I266

中国版本图书馆CIP数据核字（2016）第137335号

出版发行 / 北京理工大学出版社有限责任公司
社　　址 / 北京市海淀区中关村南大街 5 号
邮　　编 / 100081
电　　话 /（010）68914775（总编室）
（010）82562903（教材售后服务热线）
（010）68948351（其他图书服务热线）
网　　址 / http: //www.bitpress.com.cn
经　　销 / 全国各地新华书店
印　　刷 / 三河市嵩川印刷有限公司
开　　本 / 889 毫米 × 1194 毫米　1/32
印　　张 / 6.75
字　　数 / 153千字
版　　次 / 2016 年 8 月第 1 版　2023 年 2 月第 4 次印刷
定　　价 / 45.00元

责任编辑 / 王俊洁
文案编辑 / 王俊洁
责任校对 / 周瑞红
责任印制 / 边心超

图书出现印装质量问题，请拨打售后服务热线，本社负责调换

目 录

梦想与理想

梦想做大事业，人或笑之，以为无益。其实不然。天下多少事业，皆起于一二人之梦想。今日大患，在于无梦想之人耳。

尝谓欧人长处在敢于理想。其理想所凝集，往往托诸“乌托邦”（Utopia）。柏拉图之Republic（《理想国》），培根之New Atlantis（《新亚特兰蒂斯》），穆尔（Thomas More）之Utopia（《乌托邦》），圣阿格斯丁（St.Augustine）之City of God（《上帝城》），康德之Kingdom of Ends（《论万物之终结》）及其Eternal Peace（《太平论》），皆乌托邦也。乌托邦者，理想中之郅治之国，虽不能至，心向往焉。今日科学之昌明，有远过培根梦想中之《郅治国》者，三百年间事耳。今日之民主政体虽不能如康德所期，然有非柏拉图二千四百年前所能梦及者矣。七十年前（1842年），诗人邓耐生（今译丁尼生，英国诗人）有诗云：

For I dipt into the future, far as human eye could see,
Saw the vision of the world, and all the wonder that would be;
Saw the heavens with commerce, argosies of magic sails,
Pilots of the purple twilight, dropping down with costly bales;
Heard the heavens fill with shouting, and there rain' d a ghastly dew
From the nations' airy navies grappling in the central blue;
Far along the world wide whisper of the south wind rushing warm,
With the standards of the peoples plunging through' the thunderstorm;
Till the war drum throbb' d no longer, and the battle flags were furl' d
In the Parliament of man, the Federation of the world.

Locksley Hall

[译文]

吾曾探究未来，凭眼极力远眺，

望见世界之远景，望见将会出现之种种奇迹；

看到空中贸易不断，玄妙之航队穿梭往来，

驾紫色暮霭之飞行者纷纷降落，携带昂贵之货品；

听到天上充满呐喊声，交战各国之舰队在蓝天中央厮杀，

降下一阵可怖之露水；

同时，在遍及全世界之和煦南风奏响之飒飒声中，

在雷电之轰鸣声中，各民族之军旗勇往直前；

直到鸣金收兵，直到战旗息偃，

息偃在全人类之议会里，在全世界之联邦里。

《洛克斯利田庄》

在当时句句皆梦想也。而七十年来，前数句皆成真境，独末二语未验耳。然吾人又安知其果不能见诸实际乎？

天下无不可为之事，无不可见诸实际之理想。电信也，电车也，汽机也，无线电也，空中飞行也，海底战斗也，皆数十年梦想所不及者也，今都成实事矣。理想家念此可以

兴矣。

吾国先秦诸子皆有乌托邦：老子、庄子、列子皆悬想一郅治之国；孔子之小康大同，尤为卓绝古今。汉儒以还，思想滞塞，无敢作乌托邦之想者，而一国之思想遂以不进。吾之以乌托邦之多寡，卜思想之盛衰，有以也夫！

摘自胡适1916年3月8日留美日记

中国公学十八级毕业赠言

诸位毕业同学：你们现在要离开母校了，我没有什么礼物送给你们，只好送你们一句话罢。

这一句话是："不要抛弃学问。"以前的功课也许有一大部分是为了这张毕业文凭，不得已而做的，从今以后，你们可以依自己的心愿去自由研究了。趁现在年富力强的时候，努力做一种专门学问。少年是一去不复返的，等到精力衰时，要做学问也来不及了。即为吃饭计，学问绝不会辜负人的。吃饭而不求学问，三年五年之后，你们都要被后进少年淘汰掉的。到那时候再想做点学问来补救，恐怕已太晚了。

有人说："出去做事之后，生活问题急须解决，哪有工夫去读书？即使要做学问，既没有图书馆，又没有实验室，哪能做学问？"

我要对你们说：凡是要等到有了图书馆方才读书的，有了图书馆也不肯读书。凡是要等到有了实验室方才做研究的，有了实验室也不肯做研究。你有了决心要研究一个问题，自然会撙衣节食去买书，自然会想出法子来设置仪器。

至于时间，更不成问题。达尔文一生多病，不能多做工，每天只能做一点钟的工作。你们看他的成绩！每天花一点钟看十页有用的书，每年可看三千六百多页书；三十年可读十一万页书。诸位，十一万页书可以使你成为一个学者了。可是，每天看三种小报也得费你一点钟的工夫，四圈麻将也得费你一点半钟的光阴。看小报呢？还是打麻将呢？还是努力做一个学者呢？全靠你们自己的选择！

易卜生说："你的最大责任是把你这块材料铸造成器。"学问便是铸器的工具。抛弃了学问便是毁了你们自己。

再会了！你们的母校眼睁睁地要看你们十年之后成什么器。

在美国普渡大学毕业典礼上的讲演

一

在这个值得纪念的仪式完毕之后，你们就被列入少数特权分子之列——大学毕业生。

今天并不是标示着人生一段时期的结束或完毕，而是一个新生活的开始，一个真正生活和真正充满责任的开端。

人家对你们作为大学毕业生的，总期望会与平常人有所不同，和大多数没有念过大学的人有所不同。他们预料你们言行会有怪异之处。

你们有些人或许不喜欢人家把你们目为与众不同、言行怪异的人。你们或许想要和群众混在一起，不分彼此。

让我们向你们保证，要回到群众中间，使人不分彼此，是一件容易做到的事。假如你们有这个愿望，你们随时都可以做到，你们随时都可以成为一个“好同伴”，一个“易于相处的人”——而人们，包括你们自己，马上就会忘记你们曾经念过大学这回事。

虽然大学教育当然不该把我们造成“势利之徒”和“古怪的人”，可是我们大学毕业生一直保留一点儿与众不同的标志，却也不是一件坏事。这一点儿与众不同的标志，我相信，是任何学术机构的教育家所最希望造成的。

大学男女学生与众不同的这个标志是什么呢？多数教育家都很可能会同意地说，那是一个多少受过训练的脑筋——一个多少有规律的思想方式——这会使得，也应当使得，受大学教育的人显出有些与众不同的地方。

一个头脑受过训练的人在看一件事时用批判和客观的态度，而且也以适当的智识学问为凭依。他不容许偏见和个人的利益来影响他的判断和左右他的观点。他一直都是好奇的，但是他绝对不会轻易相信人。他并不仓促地下结论，也不轻易的附和他人的意见，他宁愿耽搁一段时间，一直等到他有充分的时间来查考事实和证据后，才下结论。

总而言之，一个受过训练的头脑，就是对于易陷入于偏见、武断和盲目接受传统与权威的陷阱，存在戒心和疑惧。同时，一个受过训练的脑筋绝不是消极或是毁灭性的。他怀疑人并不是喜欢怀疑的缘故，也并不是认为“所有的话都有可疑之处，所有的判断都有虚假之处”。他之所以怀疑是为了想确切相信一件事。为了要根据更坚固的证据和更健全的推理为基础，来建立或重新建立信仰。

你们四年的研究和实验工作一定教过你们独立思考、客观判断、有系统地推理和根据证据来相信某一件事的习惯。这些就是，也应当是，标示一个人是大学生的标志。就是这些特征才使你们显得“与众不同”和“怪异”，而这些特征可能会使你们不孚众望和不受欢迎，甚至为你们社会里大多数人所畏避和摒弃。

可是，这些有点令人烦恼的特点却是你们母校于你们居留在此时间中，所教导你们而为此最感觉自豪的事。这些求知习惯的训练，如果我没有判断错误的话，也就是你们在大学里有责任予以培养起来的，回家时从这个校园里所带走的，并且在你们整个一生和在你们一切各种活动中，所继续不断地实行和发展的。

伟大的英国科学家，同时也是哲学家的赫胥黎（Thomas. H.Huxley）曾说过：“一个人一生中最神圣的行为就是口里讲，内心深感觉到这句话：‘我相信某件事是实在的。’紧附在那个行为上的是人生存在世上一切最大的报酬和一切最严重的责罚。”要成功地完成这一个“最神圣的行为”，那应用在判断、思考和信仰上的思想训练和规律是必要的。

所以在这一个值得纪念的日子，你们必须问自己的第一个问题就是：我是否获得所期望于为一个受大学教育的我所应有的充分智识训练吗？我的头脑是否有充分的装备和准备来做赫胥黎所说的“一个人一生中最神圣的行为”？

二

我们必须体会到“一个人一生中最神圣的行为”也同时是我们日常所需做的行为。另一个英国哲学家密尔（John Stuart Mill）曾说过：“各个人每天每时每刻都需要确切证实他所没有直接观察过的事情……法官、军事指挥官、航海人员、医师、农场经营者（我们还可以加上一般的公民和选民）的事，也不过是将证据加以判断，并按照判断采取行动……就根据他们做法（思考和推论）的优劣，就可决定他们是否尽其分内的职责。这是头脑所不停从事的职责。”

由于人人每日每时都需要思考，所以人在思考时，极容易流于疏忽、漠不关心和习惯性的态度。大学教育毕竟难以教给我们一整套精通与永久适用的求知习惯，原因是其所需的时间远超过大学的四年。大学毕业生离开了他的实验室和图书馆，往往感觉到他已经工作得太劳累，思考得太辛苦，毕业后应当享受到一种可以不必求知识的假期。他可能太忙或者太懒，而无法把他在大学里刚学到而还没有精通的知识训练继续下去。他可能不喜欢标榜自己为受过大学教育“好炫耀博学的人”。他可能发现讲幼稚的话与随和大众的反应是一种调剂，甚至是一种愉快的事。无论如何，大学毕业生离开大学之后，最普遍的危险就是溜回到怠惰和懒散方式的思考和信仰。

所以大学生离开学校后，最困难的问题就是如何继续培养精稔实验室研究的思考态度和技术，以便将这种思考的态度和技术扩展到他日常思想、生活和各种活动上去。

天下没有一个普遍适用以提防这种懒病复发的公式。但是我们仍然想献给列位一个简单的妙计，这个妙计对我自己和对我的学生和朋友都很实用。

我所想要建议的是各个大学毕业生都应当有一个或两个或更多足以引起兴趣和好奇心的疑难问题，借以激起他的注意、研究、探讨或实验的心思。你们大家都知道的，一切科学的成就都是由于一个疑难的问题碰巧激起某一个观察者的好奇心和想象力所促成的。有人说没装备良好的图书馆和实验室是无法延续求知的兴趣的。这句话是不确实的。请问阿基米德、伽利略、牛顿、法拉第，或者甚至达尔文或巴斯德究竟有什么实验室或图书馆的装备呢？一个大学毕业生所需要的仅是一些会激起他的好奇心，引起他的求知欲和挑激他的想法求解决的有趣的难题。那种挑激引发的性质就足够引致他搜集资料、触类旁通、设计工具和建立简单而适用的试验和实验室。一个人对于一些引人好奇的难题不发生兴趣的话，就是处在设备良好的实验室和博物馆中，智识上也不会有任何发展。

四年的大学教育所给予我们的，毕业只不过是已经研究出来和尚未研究出来的学问浩翰范围的一瞥而已。不管我们主修的是哪一个科目，我们都不应当有自满的感觉，以为在我们专门科目范围内，已经没有不解决的问题存在。凡是离开母校大门而没有带一两个智识上的难题回家去，和一两个在他清醒时一直缠绕着他的问题，这个人的智识生活可以说是已经寿终正寝了。

这是我给你们的劝告：在这一个值得纪念的日子里，你们该花费几分钟，为你们自己列一个智识的清单，假如没有一两个值得你们下决心解决的智识难题，就不轻易步入这个大世界。你们不能带走你们的教授，也不能带走学校的图书馆和实验室。可是你们带走几个难题。这些难题时刻都会使你们智识上的自满和怠惰下来的心受到困扰。除非你们向这些难题进攻，并加以解决，否则你们就一直不得安宁。那时候，你们看吧，在处理和解决这些小难题的时候，你们不但使你们思考和研究的技术逐渐纯熟和精稔，而且同时开拓出智识的新地平线并达到科学的新高峰。

三

这种一直有一些激起好奇心和兴趣疑难问题来刺激你们的小妙计有许多功用。这个妙计可使你们一生中对研究学问的兴趣永存不灭，可开展你们新嗜好的兴趣，把你们日常生活提高到超过惯性和苦闷的水准之上。常常在沉静的夜里，你们突然成功地解决了一个讨厌的难题而很希望叫醒你们的家人，对他们叫喊着说“我找到了，我找到了”。那时候给你们的是智识上的狂喜和很大的乐趣。

但是这种自找问题和解决问题方式最重要的用处，是在于用来训练我们的能力，磨炼我们的智慧，而因此使我们能精稔实验与研究的方法和技术。对思考技术的精稔可能引使你们达到创造性的智识高峰，但是也同时会渐渐的普遍应用在你们整个生活上，并且使你们在处理日常活动时，成为比较懂得判断的人，会使你们成为更好的公民，更聪明的选民，更有智识的报纸读者，成为对于目前国家大事或国际大事一个更为胜任的评论者。

这个训练对于为一个民主国家里公民和选民的你们是特别重要的。你们所生活的时代是一个充满了惊心动魄事件的时代，一个要毁灭你们政府和文化根基的战争时代。而从各方面拥集到你们身上的是强有力不让人批驳的思想形态、巧妙的宣传以及随意歪曲的历史。希望你们在这个要把人弄得团团转的旋风世界中，要建立起你们的判断力，要下自己的决定，投你们的票，和尽你们的本分。有人会警告你们要特别提高警觉，以提防邪恶宣传的侵袭。可是你们要怎样做才能防御宣传的侵入呢？因为那些警告你们的人本身往往就是职业的宣传员，只不过他们罐头上所用的是不同的商标，但这些罐头里照样是陈旧的和不准批驳的东西！

例如，有人告诉你们，上次世界大战所有一切唯心论的标语，像“为世界民主政治的安全而战”和“以战争来消弭战争”，这些话，都是想讨人欢喜的空谈和烟幕而已。但是揭露这件事的人也就是宣传者，他要我们全体都相信美国之参加上次世界大战是那些“担心美元英镑贬值”放高利贷者和发战争财者所促成的。

再看另一个例子。你们是在一个信仰所培养之下长大起来的。这些信仰就是相信你们的政府形式，属于人民的政府，尊敬个人的自由，特别是相信那保护思想、信仰、表达和出版等自由的政府形式是人类最伟大的成就之一。但是我们这一代的新先知们却告诉你们说，民主的代议政府仅是资本主义制度下的一个必然的副产品，这个制度并没有实质的优点，也没有永恒的价值；他们又说个人的自由并不一定是人们所希求的；为了集体的福利和权力的利益起见，个人的自由应当视为次要的，甚至应当加以抑压下去的。

这些和许多其他相反的论调到处都可以看到、听到，都想要迷惑你们的思想，麻木你们的行动。你们需要怎么样准备自己来对付一切所有这些相反的论调呢？当然不会是紧闭着眼睛不看、掩盖着耳朵不听吧，当然也不会躲在良好的古老传统信仰的后面求庇护吧，因为受攻击和挑衅的就是古老的传统本身。当然也不会是诚心诚意地接受这种陈腔烂调和不准批驳的思想和信仰的体系，因为这样一个教条式的思想体系可能使你们丢失很多的独立思想，会束缚和奴役你们的思想，以致从此之后，你们在智识上说，仅是机械一个而已。

你们可能希望能保持精神上的平衡和宁静，能够运用你们自己的判断，唯一的方法就是训练你们的思想，精稔自由沉静思考的技术。使我们更充分了解智识训练的价值和功效的就是在这智识困惑和混乱的时代。这个训练会使我们能够找到真理——使我们获得自由的真理。

关于这种训练与技术，并没有什么神秘的地方。那就是你们在实验室里所学到的，也就是你们最优秀的教师终生所从事，而在你们研究论文上所教你们的方法，那就是研究和实验的科学方法。也就是你们要学习应用于解决我所劝你们时刻要找一两个疑难问题所用的同样方法。这个方法，如果训练得纯熟精通，会使我们能在思考我们每天必须面对的有关社会、经济和政治的各项问题时，会更清楚、会更胜任的。

以其要素言，这个科学技术包括非常专心专注于各种建议、思想和理论，以及后果的控制和试验。一切思考是以考虑一个困惑的问题或情况开始的。所有一切能够解决这个困惑问题的假设都是受欢迎的。但是各个假设的论点却必须以在采用后可能产生的后果来作为适用与否的试验，凡是其后果最能满意克服原先困惑所在的假设，就可接受为最好和最真实的解决方法。这是一切自然、历史和社会科学的思考要素。

人类最大的谬误，就是以为社会和政治问题简单得很，所以根本不需要科学方法的严格训练，而只要根据实际经验就可以判断，就可以解决。

但是事实却是刚刚相反的。社会与政治问题是关联着千千万万人命和福利的问题。就是由于这些极具复杂性和重要性的问题是十分困难的，所以使得这些问题到今日还没有办法以准确的定量衡量方法和试验与实验的精确方法来计量。甚至以最审慎的态度和用严格的方法无法保证绝无错误。但是这些困难却省免不了我们用尽一切审慎和批判的洞察力来处理这些庞大的社会和政治问题的必要。

两千五百年前某诸侯问孔子说："一言而可以兴邦……一言而丧邦有诸……"

想到社会与政治的问题，总会提醒我们关于向孔子请教的这两个问题，因为对社会与政治的思考必然会连带想起和计划整个国家、整个社会或者整个世界的事。所以一切社会与政治理论在用以处理一个情况时，如果粗心大意或固守教条，严重地说来，可能有时候会促成预料不到的混乱、退步、战争和毁灭，有时就真的是一言兴邦、一言丧邦。

刚就在前天，希特勒对他的军队发出一个命令，其中说到一句话：他要决定他的国家和人民未来一千年的命运！

但希特勒先生一个人是无法以个人的思想来决定千千万万人的生死问题的。你们在这里所有的人需要考虑你们即将来临的对在本地与全国选举中有所选择，所有的人需要对和战问题表达意见，并不决定。是的，你们也会考虑到一个情况，你们在这个情况中的思考是正确，是错误，就会影响千千万万人的福利，也可能直接或间接地决定未来一千年世界与其文化的命运！

所以为少数特权阶级的我们大学男女，严肃地和胜任地把自己准备好，以便像在今日的这个时代、这个世界，每日从事思考和判断，把我们自己训练好，以便做有责任心的思考，乃是我们神圣的任务。

有责任心的思考至少含着三个主要的要求：第一，把我们的事实加以证明，把证据加以考查；第二，如有差错，谦虚地承认错误，慎防偏见和武断；第三，愿意尽量彻底获致一切会随着我们观点和理论而来的可能后果，并且道德上对这些后果负责任。怠惰的思考，容许个人和党团的因素不知不觉地影响我们的思考，接受陈腐和不加分析的思想为思考之前提，或者未能努力以获致可能的后果，来试验一个人的思想是否正确等等就是智识上不负责任的表现。

你们是否充分准备来做这件在你们一生中最神圣的行动——有责任心的思考？

我们所应走的路

国难当前，我们究竟应该走哪条路，才能救国。我今天所讲的题目，就是《我们所应走的路》。我说的话，都是老生常谈，并没有新奇的高论。概括地说：一，为己而后可以为人。二，求学而后可以救国。我们十几年来，提倡新文化运动，究竟为的是什么。似乎大家都还不甚明白，今天我要说一说：我们当时所提倡的，是一种个人主义的人生观，换一句话说，就是修己而后可以爱人。我们当时提倡易卜生的文学，他的要点，就在“修己”，绝没有一个人，对自己尚不能负责任，而能负责救人的。在易卜生的书里面，有一篇戏剧作品，描写一个女子娜拉，她很想做一个孝女良妻贤母，但是她能力不够，经过十年的奋斗，她才有一个大的发现，就是一个人对自己不能负责的，绝没有做孝女、良妻、贤母的资格。所以她决计离开家庭，去做修己的功夫。这个故事所要表明的，就是无论何人，都要能对自己尽责任，有了知识，有了能力，有了人格，而后能救国救我。易卜生还有一篇戏剧著作，叫做《国民公敌》，描写有一个地方，有很好的泉水，相传可以疗病，所以到那里去养病和沐浴的人很多，那个地方因此繁盛起来。有一个医生忽然发现那里的水，不但不能医病，并且可以传染恶疾，因为里面有一种微菌，于人身很不相宜，他就想当众宣布出来。因为他的哥哥是当地的市长，恐怕消息传出，妨害全市繁荣，所以不准他发表。全市的人民，也和他哥哥表同情，不准他把消息传到市外，以免游人和病人裹足不前。但是这医士，他既经发现有害人生命的微菌，就应该正式宣布，免得害人。结果，全市的人民，认他是全市民的公敌，置之于死地。这一出戏闭幕的时候，医生说：最强的人，就是能为真理而孤立的。用一句中国的俗话，就是有特立独行的人，是最强的，如果是为公理，就是全国人反对他，也得发表，即使个人受害，也是为社会牺牲。

从这两篇戏剧，我们可以发现两个原则：一，努力发展个人的能力和人格。二，要能够冲破一切障碍，完成一种真理。孔子说："古之学者为己，今之学者为人。"又说"修己以敬""己欲立而立人，己欲达而达人。"这都是修己而爱人的道理。宋朝的王安石，是一个大政治家，他因为想改善政治和经济的状况，牺牲一切，是一个有特立独行的人，他做了一篇文章，论杨朱、墨翟，主张要学杨朱"为我"，

“为我”的功夫，没有做好，就不要轻谈墨翟的“兼爱”。他说学者必先为己，为己有余，而后可以为人，凡是不能为己的人，必沉沦堕落，绝无救人的能力。

十五年来社会的状况，很使我们失望，因为近来产生两种人生观：一，自私自利的享乐主义。二，眼光短浅的牺牲主义。这些专知享乐的人并不谋如何能够报答所受的享乐，这是错误的。至于那些为了主义，为了爱国一时的冲动，不顾一切，牺牲生命的青年，几年来不下数万人，我们对于这些青年，不能不拜服，但是虽然佩服，我们并不希望大家学他们这样做，因为没有修养，纵然牺牲，也还是不能救国。牺牲这样多的人，而于国无益，这完全是青年们还没有彻底的了解我们当时所提倡的新文化运动，或者因为我们没有把所抱的主义解释得十分清楚，这是我们应该忏悔的。一个青年最大的责任，要把自己这一块材料，造成一件有用的东西，自己还不能成器，哪里能够改造社会，即使牺牲，也不能够救国，所以第一条我们应走的路，就是修己以爱人，或者说为己而后可以为人。

再讲第二条路：我们应该走的，就是以“学术救国”。现在谈到救国，觉得很惭愧，我们国家受外侮到此地步，究竟是什么缘故，直截了当地说，就是学术不如人。我们样样科学都要依赖别人，所以失败，我们现在要赶上学术与人家平等，我们才能得到国际的真平等。我们现在说个故事，证明科学可以救国。法国有一个大科学家，名叫巴斯德，他就是一个以科学救国的实例。前几年法国有人征求大众的意见，究竟谁是法国最大的伟人，投票的结果，当选的不是拿破仑，或是其他军政要人，乃是这位大科学家巴斯德。他的票数，比拿破仑多一百多万，这种缘故，听我细细说来：

当1870年，普鲁士战败法军、拿破仑第三攻入巴黎，迫法国作城下之盟。当时普国军队，烧毁一个很大的图书馆和其他的文化机关，巴斯德很生气，他本是一个有名的学者，普鲁士大学就送他一个名誉博士的学位。他现在把这张博士文凭撕毁，写一封信给普鲁士大学，说："你们军队这样野蛮，我耻于接受你们所予的学位，特地交还你们。"他虽然动气，但是他回头细想，法国的失败，是由于科学的不振作，当拿破仑第一时代，政府提倡科学，科学家与政府合作，所以能够强兵富国，后来法国政府，态度变更，蔑视科学，所以弄到一蹶不振。现在要挽回国运，除研究科学外，再无他道，于是集中全力，研究微菌学，他的发明，就是物必先有微生物，然后腐化，他这种发明，把我们中国"物腐而后虫生"的学说打倒了。他这一点发明，就救了法国，因为法国三种大工业；第一是制酒，法国的酒窖，有长到三十英里的，所藏的酒量，非常之多，但是因为酒容易发酸，所以不能运往远处销售，也不能长久保留他研究的结果，知道酒酸的缘故，是一种微生虫的作用。如果做酒到四十五度，立刻封好，就绝不会酸的。因为这种发明，法国的酒，就可以推销全世界，每年可得赢余一万余万法郎；第二种，法国的蚕丝，也是一种大工业，因为发生蚕病，每年损失到一万万元以上。巴斯德发明一种隔离蚕种、消灭蚕病的方法，救了法国的蚕业，每年也替国家增加一万多万法郎的收入。第三，法国的牧畜业，也是很重要的，因为发生了一种兽瘟，牛羊倒毙无算。巴斯德检验病牛的身，知道其中有一种微生菌，他采用种牛痘的方法，发明一种注射防疫的新药，就是把病菌养在鸡汤里，然后注射到牛身上，和种牛痘一样的有效，试验结果，把兽瘟病完全治好，每年也替国家增加一万多万法郎的收入。三件事合起来，他每年为法国赚三十万万法郎，所以二十年之后，英国的赫胥黎说：德国所得法国的五十万万法郎的赔款，由巴斯德一个人替国家偿还清楚了。这就是一个科学救国的实例。我们现在要学巴斯德，埋头去做一点有益于国家的学术研究，不然，空唤口号，是没有用的。我们每每看见一个强盗，将要上法场的时候，常说“二十年后，又是一条好汉”。我们青年，对于国家，也要有这样的精神，现在虽然受到种种外侮，二十年后，我们还是一个强大的中国。

救国的方法很多，我今天不过只讲一样，希望大家努力，大凡一个国家的兴亡强弱，都不是偶然的，就是日本蕞尔三岛，一跃而为世界强国，再一跃而为世界五强之一，更进而为世界三大海军国之一，之所以能够如此，也有它的道理，我们不可认为偶然的，我们想要抵抗日本，也应该研究日本，“知己知彼，百战百胜”。我们大家要使中国强盛，还要着实努力，我最后说一句话，作为今天的结论，就是“唯科学可以救国”。

打破浪漫病

刚才主席说“材料不很重要，重要的在方法”，这话是很对的。有方法与无方法，自然不同。比如说，电灯坏了，若有方法就可以把它修理好。材料一样的，然而方法异样的，所得结果便完全不同了。我今天要说的，就是材料很重要，方法不甚重要。用同等的方法，用在两种异样的材料上，所得结果便完全不同了。所以说材料是很要紧的。中国自西历1600—1900年当中，可谓中国“科学时期”，亦可说是科学的治学时代。如清朝的戴东原先生在音韵学、校勘学上，都有严整的方法。西洋人不能不承认这三百年是中国的“科学时代”。我们的自然科学虽没有怎样高明，但方法很好，这是我们可以自己得意的。闽人陈第曾著《毛诗古音考》《唐宋古音考》等一些书。他的方法很精密的，是顾炎武的老祖宗。顾亭林、阎百诗等学者都开中国学术新纪元，他们是用科学方法探究学问的，顾氏是以科学方法研究音韵学，他的方法是用本证与旁证。比如研究《诗经》，从《诗经》本身来举证，是谓本证；若是从《诗经》的外面举证，便谓旁证了。阎氏的科学方法是研究古文的真伪，文章的来源。

1609年的哥白尼听说在波兰国的北部一个眼镜店做小伙计，一天偶然叠上几片玻璃而发现在远方的东西，哥白尼以为望远镜是可以做到的。他利用这仪器，他对于天文学上就有很大的发现。像哈代维（Hudvey）、牛顿（Newton），还有显微镜发明者像列文虎克（Leeuwenhoek），他们都有很大的发明。当哥白尼及诸大学者存在的时候，正是中国的顾炎武、阎百诗出世的时期。在这五六十年当中，东西文化，东西学说的歧异就在这里。他们所谓方法就是“假说”与“求证”，牛顿就是大胆去假定，然后一步一步去证明。这是和我们不同地方。我们的方法是科学的，然而材料是书本文字。我们的校勘学是校勘古书古字的正确的方法，如翻考《尔雅》、诸子百家；考据学是考据古文的真伪。这一大堆东西可以代表清朝三百年的成绩。黎汶豪是以凿钻等做研究的工具；牛顿是以木、石、自然资料来研究天文学，像现在已经把太阳系都弄清楚了。前几天报上宣传英国天文台要与火星通讯，像这样的造就实在可怕的。18、19世纪时候，西方学者才开始研究校勘学，瑞典的加礼文他专攻校勘学，曾经编成《中国文字分析字典》。像他这个洋鬼子不过研究四五年，而竟达到中国有三百年历史的校勘学成绩。加礼文说道：“你们只在文字方面做工夫，不肯到汉口、广东、高丽、日本等地方实际考查文字的土音以为证明；要找出各种读法，应当要到北京、宁波等地去。”这可证明探求学问方法完全是经验的，要实地调查的。顾亭林费许多时间而所得到的很少，而结果走错了路。

刚才杨教务长问我怎样医治“浪漫病”？我回答他说：浪漫的病症在哪里？我以为浪漫病或者就是“懒病”。你们都是青年，都还不到壮年时期，而我们已是“老狗教不成新把戏”了。现在我们无论走哪条路，都是要研究微积分、生物学、天文学、物理学。我们要多做些实验工夫，要跟着西洋人走进实验室去。至于考据方面，就让我们老朽昏庸的人去做。列文虎克的显微镜实在比妖怪还厉害，这是用无穷时间与时时刻刻找真理所得的结果。十九世纪时候，法国化学师巴斯德（Pasteur）在显微镜下面发现很可怕的微生物。他并且感受疯狗的厉害，便研究疯狗起来。后来从狗嘴的涎沫里及脑髓中去探究，方知道是细菌在作祟，神经系中有毒。他把狗骨髓取出风干经过十三四天之久，就把它制成注射药水，可以治好给疯狗咬着的人。但是当时没有胆量就注射在人身上，只先在别的动物身上试验看看。在那时候很凑巧一位老太婆的儿子给狗咬伤，去请医生以活马当作死马医治，果然给他治好了。还有一位俄人给狼咬着，他就发明打针方法。法国酒的病、蚕的病亦给显微镜找出来了；欧洲羊的病，德国科赫（Koch）应用药水力量把羊医好。像蚕病、醋病与酒病治好后，实在每年给法国省下来几千万的法郎。普法战争后法国赔款有五十万万之巨额。然而英国哈维（Harvey）尝说：巴斯德以一支玻璃管和一具显微镜，已把法国赔款都付清了。懒的人实在没有懂得学问的兴趣。学问本来是枯燥东西，而正确方法是建筑在正确材料上的，像西方的牛顿那样的正确。我们中国要研究有结果，最要紧的是要到自然界去，找自然材料。做文学的更要到民间去，到家庭里去找活材料。我是喜欢谈谈：大家都是年富力强，应该要打破和消灭懒病。还要连带说一说"六〇六"药水，是德国医生Erlich发明的，用以杀杨梅疮的微菌，这位先生他用化学方法，经过八年六百零六次的试验研求而成功的。我们研究学问，要有材料和方法，要不懒，要坚忍不拔的努力；那么，"浪漫病"就可以打破了。

信心与反省

这一期（《独立》一零三期）里有寿生先生的一篇文章，题为《我们要有信心》。在这文里，他提出一个大问题：中华民族真不行吗？他自己的答案是：我们是还有生存权的。

我很高兴我们的青年在这种恶劣空气里还能保持他们对于国家民族前途的绝大信心。这种信心是一个民族生存的基础，我们当然是完全同情的。

可是我们要补充一点：这种信心本身要建筑在稳固的基础之上，不可站在散沙之上，如果信仰的根据不稳固，一朝根基动摇了，信仰也就完了。

寿生先生不赞成那些旧人“拿什么五千年的古国哟，精神文明哟，地大物博哟，来遮丑”。这是不错的。然而他自己提出的民族信心的根据，依我看来，文字上虽然和他们不同，实质上还是和他们同样的站在散沙之上，同样的挡不住风吹雨打。例如他说：我们今日之改进不如日本之速者，就是因为我们的固有文化太丰富了。富于创造性的人，个性必强，接受性就较缓。

这种思想在实质上和那五千年古国精神文明的迷梦是同样的无稽的夸大。第一，他的原则“富于创造性的人，个性必强，接受性就较缓”，这个大前提就是完全无稽之谈，就是懒惰的中国士大夫捏造出来替自己遮丑的胡说。事实上恰是相反的：凡富于创造性的人必敏于模仿，凡不善模仿的人绝不能创造。创造是一个最误人的名词，其实创造只是模仿到十足时的一点点新花样。古人说的最好：“太阳之下，没有新的东西。”一切所谓创造都从模仿出来。我们不要被新名词骗了。新名词的模仿就是旧名词的“学”字；“学之为言效也”是一句不磨的老话。例如学琴，必须先模仿琴师弹琴；学画必须先模仿画师作画；就是画自然界的景物，也是模仿。模仿熟了，就是学会了，工具用的熟了，方法练的细密了，有天才的人自然会“熟能生巧”，这一点功夫到时的奇巧新花样就叫做创造。凡不肯模仿，就是不肯学人的长处。不肯学如何能创造？伽利略（Glileo）听说荷兰有个磨镜匠人做成了一座望远镜，他就依他听说的造法，自己制造了一座望远镜。这就是模仿，也就是创造。从十七世纪初年到如今，望远镜和显微镜都年年有进步，可是这三百年的进步，步步是模仿，也步步是创造。一切进步都是如此：没有一件创造不是先从模仿下手的。孔子说的好：三人行，必有我师焉：择其善者而从之，其不善者而改之。

这就是一个圣人的模仿。懒人不肯模仿，所以绝不会创造。一个民族也和个人一样，最肯学人的时代就是那个民族最伟大的时代；等到他不肯学人的时候，他的盛世已过去了，他已走上衰老僵化的时期了，我们中国民族最伟大的时代，正是我们最肯模仿四邻的时代：从汉到唐宋，一切建筑、绘画、雕刻、音乐、宗教、思想、算学、天文、工艺，那一件里没有模仿外国的重要成分？佛教和他带来的美术建筑，不用说了。从汉朝到今日，我们的历法改革，无一次不是采用外国的新法；最近三百年的历法是完全学西洋的，更不用说了。到了我们不肯学人家的好处的时候，我们的文化也就不进步了。我们到了民族中衰的时代，只有懒劲学印度人的吸食鸦片，却没有精力学满洲人的不缠脚，那就是我们自杀的法门了。

第二，我们不可轻视日本人的模仿。寿生先生也犯了一般人轻视日本的恶习惯，抹杀日本人善于模仿的绝大长处。日本的成功，正可以证明我在上文说的“一切创造都从模仿出来”的原则。寿生说：从唐以至日本明治维新，千数百年间，日本有一件事足为中国取镜者吗？中国的学术思想在她手里去发展改进过吗？我们实无法说有。

这又是无稽的诬告了。三百年前，朱舜水到日本，他居留久了，能了解那个岛国民族的优点，所以他写信给中国的朋友说，日本的政治虽不能上比唐虞，可以说比得上三代盛世。这是一个中国大学者在长期寄居之后下的考语。是值得我们的注意的。日本民族的长处全在他们肯一心一意地学别人的好处。他们学了中国的无数好处，但始终不曾学我们的小脚，八股文，鸦片烟。这不够“为中国取镜”吗？他们学别国的文化，无论在哪一方面，凡是学到家的，都能有创造的贡献。这是必然的道理。浅见的人都说日本的山水人物画是模仿中国的；其实日本画自有他的特点，在人物方面的成绩远胜过中国画，在山水方面也没有走上四王的笨路。在文学方面，他们也有很大的创造。近年已有人赏识日本的小诗了。我且举一个大家不甚留意的例子。文学史家往往说日本的《源氏物语》等作品是模仿中国唐人的小说《游仙窟》等画的。现今《游仙窟》已从日本翻印回中国来了，《源氏物语》也有了英国人卫来先生（Athur Walcy）的五巨册的译本。我们若比较这两部画，就不能不惊叹日本人创造力的伟大。如果《源氏》真是从模仿《游仙窟》出来的，那真是徒弟胜过师傅千万倍了！寿生先生原文里批评日本的工商业，也是中了成见的毒。日本今日工商业的长脚发展，虽然也受了生活程度比人低和货币低落的恩惠，但他的根基实在是全靠科学与工商业的进步。今日大阪与兰肯歇的竞争，骨子里还是新式工业与旧式工业的竞争。日本今日自造的纺织器是世界各国公认为最新最良的。今日英国纺织业也不能不购买日本的新机器了。这是从模仿到创造的最好的例子。不然，我们工人的工资比日本更低，货币平常也比日本钱更贱，为什么我们不能“与他国资本家抢商场”呢？我们到了今日，若还要抹煞事实，笑人模仿，而自居于“富于创造性者”的不屑模仿，那真是盲目的夸大狂了。

第三，再看看“我们的固有文化”是不是真的“太丰富了”。寿生和其他夸大本国固有文化的人们，如果真肯平心想想，必然也会明白这句话也是无根的乱谈。这个问题太大，不是这篇短文里所能详细讨论的，我只能指出几个比较重要之点。使人明白我们的固有文化实在是很贫乏的，谈不到“太丰富”的梦话。近代的科学文化，工业文化，我们可以撇开不谈，因为在那些方面，我们的贫乏未免太丢人了。我们且谈谈老远的过去时代罢。我们的周秦时代当然可以和希腊罗马相提并论，然而我们如果平心研究希腊罗马的文学，雕刻，科学，政治，单是这四项就不能不使我们感觉我们的文化的贫乏了。尤其是造形美术与算学的两方面，我们真不能不低头愧汗。我们试想想，《几何原本》的作者欧几里得正和孟子先后同时；在那么早的时代，在二千多年前，我们在科学上早已大落后了！（少年爱国的人何不试拿《墨子》“经上篇”里的三五条几何学界说来比较《几何原本》？）从此以后，我们所有的，欧洲也都有；我们所没有的，人家所独有的，人家都比我们强。试举一个例子：欧洲有三个一千年的大学，有许多个五百年以上的大学，至今继续存在，继续发展：我们有没有？至于我们所独有的宝贝，骈文，律诗，八股，小脚，太监，姨太太，五世同居的大家庭，贞节牌坊，地狱活现的监狱，廷杖，板子夹棍的法庭，……虽然“丰富”，虽然“在这世界无不足以单独成一系统”，究竟都是使我们抬不起头来的文物制度。即如寿生先生指出的“那更光辉万丈”的宋明理学，说起来也真正可怜！讲了七八百年的理学，没有一个理学圣贤起来指出裹小脚是不人道的野蛮行为，只见大家崇信“饿死事极小，失节事极大”的吃人礼教：请问那万丈光辉究竟照耀到那里去了？

以上说的，都只是略略指出寿生先生代表的民族信心是建筑在散沙上面，经不起风吹草动，就会倒塌下来的。信心是我们需要的，但无根据的信心是没有力量的。

可靠的民族信心，必须建筑在一个坚固的基础之上，祖宗的光荣自是祖宗之光荣，不能救我们的痛苦羞辱。何况祖宗所建的基业不全是光荣呢？我们要指出：我们的民族信心必须站在“反省”的唯一基础之上。反省就是要闭门思过，要诚心诚意的想，我们祖宗的罪孽深重，我们自己的罪孽深重；要认清了罪孽所在，然后我们可以用全副精力去消灾灭罪。寿生先生引了一句“中国不亡是无天理”的悲叹词句，他也许不知道这句伤心的话是我十三四年前在中央公园后面柏树下对孙伏园先生说的，第二天被他记在《晨报》上，就流传至今。我说出那句话的目的，不是要人消极，是要人反省；不是要人灰心，是要人起信心，发下大弘誓来忏悔；来替祖宗忏悔，替我们自己忏悔；要发愿造新因来替代旧日种下的恶因。

今日的大患在于全国人不知耻。所以不知耻者，只是因为不曾反省。一个国家兵力不如人，被人打败了，被人抢夺了一大块土地去，这不算是最大的耻辱。一个国家在今日还容许整个的省份遍种鸦片烟，一个政府在今日还要依靠鸦片烟的税收——公卖税，吸户税，烟苗税，过境税——来做政府的收入的一部分，这是最大的耻辱。一个现代民族在今日还容许他们的最高官吏公然提倡什么“时轮金刚法会”“息灾利民法会”，这是最大的耻辱。一个国家有五千年的历史，而没有一个四十年的大学，甚至于没有一个真正完备的大学，这是最大的耻辱。一个国家能养三百万不能捍卫国家的兵，而至今不肯计划任何区域的国民义务教育，这是最大的耻辱。

真诚的反省自然发生真诚的愧耻。孟子说的好：“不耻不若人，何若人有？”真诚的愧耻自然引起向上的努力，要发弘愿努力学人家的好处，铲除自家的罪恶。经过这种反省与忏悔之后，然后可以起新的信心：要信仰我们自己正是拨乱反正的人，这个担子必须我们自己来挑起。三四十年的天足运动已经差不多完全铲除了小脚的风气：从前大脚的女人要装小脚，现在小脚的女人要装大脚了。风气转移的这样快，这不够坚定我们的自信心吗？

历史的反省自然使我们明了今日的失败都因为过去的不

努力，同时也可以使我们格外明了“种瓜得瓜，种豆得豆”的因果铁律。铲除过去的罪孽只是割断以往种下的果。我们要收新果，必须努力造新因。祖宗生在过去的时代，他们没有我们今日的新工具，也居然能给我们留下了不少的遗产。我们今日有了祖宗不曾梦见的种种新工具，当然应该有比祖宗高明千百倍的成绩，才对得起这个新鲜的世界。日本一个小岛国，那么贫瘠的土地，那么少的人民，只因为伊藤博文、大久保利通、西乡隆盛等几十个人的努力，只因为他们肯拼命的学人家，肯拼命的用这个世界的新工具，居然在半个世纪之内一跃而为世界三五大强国之一。这不够鼓舞我们的信心吗?

反省的结果应该使我们明白那五千年的精神文明。那“光辉万丈”的宋明理学，那并不太丰富的固有文化，都是无济于事的银样镴枪头。我们的前途在我们自己的手里。我们的信心应该望在我们的将来。我们的将来全靠我们下什么种，出多少力。“播了种一定会有收获，用了力绝不至于白费”，这是翁文灏先生要我们有的信心。

再论信心与反省

在《独立》第一零三期，我写了一篇“信心与反省”，指出我们对国家民族的信心不能建筑在歌颂过去上，只可以建筑在“反省”的唯一基础之上。在那篇讨论里，我曾指出我们的固有文化是很贫乏的，绝不能说是“太丰富了”的；我们的文化，比起欧洲一系的文化来，“我们所有的，人家也都有；我们所没有的，人家所独有的，人家都比我们强。至于我们所独有的宝贝，骈文，律诗，八股，小脚……又都是使我们抬不起头来的文物制度。”所以我们应该反省：认清了我们的祖宗和我们自己的罪孽深重，然后肯用全力去消灾灭罪；认清了自己百事不如人，然后肯死心塌地的去学人家的长处。

我知道这种论调在今日是很不合时宜的，是触犯忌讳的，是至少要引起严厉的抗议的。可是我心里要说的话，不能因为人不爱听就不说了。正因为人不爱听，所以我更觉得有不能不说的责任。

果然，那篇文章引起了一位读者子固先生的悲愤，害他终夜不能睡眠，害他半夜起来写他的抗议，直写到天明。他的文章，《怎样才能建立起民族的信心》是一篇很诚恳的，很沉痛的反省。我很尊敬他的悲愤，所以我很愿意讨论他提出的论点，很诚恳的指出他那“一半不同”正是全部不同。

子固先生的主要论点是：我们民族这七八十年以来，与欧美文化接触，许多新奇的现象炫盲了我们的眼睛，在这炫盲当中，我们一方面没出息地丢了我们固有的维系并且引导我们向上的文化，另一方面我们又没有能够抓住外来文化之中那种能够帮助我们民族更为强盛的一部分。结果我们走入迷途，堕落下去！

忠孝仁爱信义和平是维系并且引导我们民族向上的固有文化，科学是外来文化中能够帮助我们民族更为强盛的一部分。子固先生的论调，其实还是三四十年前的老辈的论调。他们认得了富强的需要，所以不反对西方的科学工业；但他们心里很坚绝的相信一切伦纪道德是我们所固有而不须外求的。老辈之中，一位最伟大的孙中山先生，在他的通俗讲演里，也不免要敷衍一般夸大狂的中国人，说“中国先前的忠孝仁爱信义种种的旧道德”都是“驾乎外国人”之上。中山先生这种议论在今日往往被一般人利用来做复古运动的典故，所以有些人就说“中国本来是一个由美德筑成的黄金世界”了（这是民国十八年叶楚伦先生的名言）！

子固先生也特别提出孙中山先生的伟大，特别颂扬他能“在当时一班知识阶级盲目崇拜欧美文化的狂流中，巍然不动地指示我们救国必须恢复我们固有文化，同时学习欧美科学”。但他（子固）如果留心细读中山先生的讲演，就可以看出他当时说那话时是很费力的，很不容易自圆其说的。例如讲“修身”，中山先生很明白的说：但是从修身一方面来看，我们中国人对于这些功夫是很缺乏的。中国人一举一动都欠捡点，只要和中国人来往过一次，便看得很清楚。（《三民主义》六）

他还对我们说：所以今天讲到修身，诸位新青年，便应该学外国人的新文化。（《三民主义》六）

可是他一会儿又回过去颂扬固有的旧道德了。本来有保守性的读者只记得中山先生颂扬旧道德的话，却不曾细想他所颂扬的旧道德都只是几个人类共有的理想，并不是我们这个民族实行最力的道德。例如他说的“忠孝仁爱信义和平”，哪一件不是东西哲人共同提倡的理想？除了割股治病，卧冰求鲤，一类不近人情的行动之外，哪一件不是世界文明人类公有的理想？孙中山先生也曾说过：照这样实行一方面讲起来，仁爱的好道德，中国人现在似乎远不如外国。……但是仁爱还是中国的旧道德。我们要学外国，只要学他们那样实行，把仁爱恢复起来，再去发扬光大，便是中国固有的精神。（同上书）

在这短短一段话里，我们可以看出中山先生未尝不明白在仁爱的“实行”上，我们实在远不如人。所谓“仁爱还是中国的旧道德”者，只是那个道德的名称罢了。中山先生很明白的教人：修身应该学外国人的新文化，仁爱也“要学外国”。但这些话中的话都是一般人不注意的。

在这些方面，吴稚晖先生比孙中山先生彻底多了。吴先生在他的“一个新信仰的宇宙观及人生观”里，很大胆的说中国民族的“总和道德是低浅的”；同时他又指出西洋民族：什么仁义道德，孝悌忠信，吃饭睡觉，无一不较上三族（阿拉伯，印度，中国）的人较有作法，较有热心。……讲他们的总和道德叫做高明。

这是很公允的评判。忠孝信义仁爱和平，都是有文化的民族共有的理想；在文字理论上，犹太人，印度人，阿拉伯人，希腊人，以至近世各文明民族，都讲的头头是道。所不同者，全在吴先生说的“有作法，有热心”两点。若没有切实的办法，没有真挚的热心，虽然有整千万册的理学书，终无救于道德的低浅。宋明的理学圣贤，谈性谈心，谈居敬，谈致良知，终因为没有作法，只能走上“终日端坐，如泥塑人”的死路上去。

我所以要特别提出子固先生的论点，只因为他的悲愤是可敬的，而他的解决方案还是无补于他的悲愤。他的方案，一面学科学，一面恢复我们固有的文化，还只是张之洞一辈人说的“中学为体，西学为用”的方案。老实说，这条路是走不通的。如果过去的文化是值得恢复的，我们今天不至糟到这步田地了。况且没有那科学工业的现代文化基础，是无法发扬什么文化的“伟大精神”的。忠孝仁爱信义和平是永远存在书本子里的；但是因为我们的祖宗只会把这些好听的名词都写作八股文章，画作太极图，编作理学语录，所以那些好听的名词都不能变成有作法有热心的事实。西洋人跳出了经院时代之后，努力做征服自然的事业，征服了海洋，征服了大地，征服了空气电气，征服了不少的原质，征服了不少的微生物，——这都不是什么“保存国粹”“发扬固有文化”的口号所能包括的工作，然而科学与工业发达的自然结果是提高了人民的生活，提高了人类的幸福，提高了各个参加国家的文化。结果就是吴稚晖先生说的“总和道德叫做高明”。

世间讲“仁爱”的书，莫过于《华严经》的“净行品”，那一篇妙文教人时时刻刻不可忘了人类的痛苦与缺陷，甚至于大便小便时都要发愿不忘众生：

> 左右便利，当愿众生，白除污秽，无淫怒痴。
>
> 已而就水，当愿众生，向无上道，得出世法。
>
> 以水涤秽，当愿众生，具足净忍，毕竟无垢。
>
> 以水盥掌，当愿众生，得上妙手，受特佛法。

但是一个和尚的弘愿，究竟能做到多少实际的“仁爱”？回头看看那一心想征服自然的科学救世者，他们发现了一种病菌，制成了一种血清，可以救活无量数的人类，其为“仁爱”，岂不是千万倍的伟大?

以上的讨论，好像全不曾顾到“民族的信心”的一个原来问题。这是因为子固先生的理论，剥除了一些动了感情的话，实在只说了一个“中学为体，西学为用”的老方案，所以我要指出这个方案的“一半”是行不通的：忠孝仁爱信义和平等等并不是“维系并且引导我们民族向上的固有文化”，他们不过是人类共有的几个理想，如果没有作法，没有热力，只是一些空名词而已。这些好名词的存在并不曾挽救或阻止“八股，小脚，太监，姨太太，贞节牌坊，地狱的监牢，夹棍板子的法庭”的存在。这些八股，小脚……等等“固有文化”的崩溃，也全不是程颢，朱熹，顾亭林，戴东原……等等圣贤的功绩，乃是“与欧美文化接触”之后，那科学工业造成的新文化叫我们相形之下太难堪了，这些东方文明的罪孽方才逐渐崩溃的。我要指出：我们民族这七八十年来与欧美文化接触的结果，虽然还不曾学到那个整个的科学工业的文明（可怜丁文江，翁文灏，颜任光诸位先生都还是四十多岁的少年，他们的工作刚开始哩！），究竟已替我们的祖宗消除了无数的罪孽，打倒了“小脚，八股，太监，五世同居的大家庭，贞节牌坊，地狱活现的监狱，夹棍板子的法庭”的一大部分或一小部分。这都是我们的“数不清的圣贤天才”从来不曾指摘讥弹的；这都是“忠孝仁爱信义和平”的固有文化从来不曾“引导向上”的。这些祖宗罪孽的崩溃，固然大部分是欧美文明的恩赐，同时也可以表示我们在这七八十年中至少也还做到了这些消极的进步。子固先生说我们在这七八十年中“走入迷途，堕落下去”，这真是无稽的诬告！中国民族在这七八十年中何尝“堕落”？在几十年之中，废除了三千年的太监，一千年的小脚，六百年的八股，五千年的酷刑，这是“向上”，不是堕落！

不过我们的“向上”还不够，努力还不够。八股废止至今不过三十年，八股的训练还存在大多数老而不死的人的心灵里，还间接直接的传授到我们的无数的青年人的脑筋里。今日还是一个大家做八股的中国，虽然题目换了，小脚逐渐绝迹了，夹棍板子、砍头碎剐废止了，但裹小脚的残酷心理，上夹棍打屁股的野蛮心理，都还存在无数老少人们的心灵里。今日还是一个残忍野蛮的中国，所以始终还不曾走上法治的路，更谈不到仁爱和平了。

所以我十分诚挚的对全国人说：我们今日还要反省，还要闭门思过，还要认清祖宗和我们自己的罪孽深重，绝不是这样浅薄的“与欧美文化接触”就可以脱胎换骨的。我们要认清那个容忍拥戴“小脚，八股，太监，姨太太，骈文，律诗，五世同居的大家庭，贞节牌坊，地狱的监牢，夹棍板子的法庭”到几千几百年之久的固有文化，是不足迷恋的，是不能引我们向上的。那里面浮沉着的几个圣贤豪杰，其中当然有值得我们崇敬的人，但那几十颗星儿终究照不亮那满天的黑暗。我们的光荣的文化不在过去，是在将来，是在那扫清了祖宗的罪孽之后重新改造出来的文化。替祖国消除罪孽，替子孙建立文明，这是我们人人的责任。古代哲人曾参说的最好：士不可以不弘毅：任重而道远。先明白了“任重而道远”的艰难，自然不轻易灰心失望了。凡是轻易灰心失望的人，都只是不曾认清他挑的是一个百斤的重担，走的是一条万里的长路。今天挑不动，努力磨练了总有挑得起的一天。今天走不完，走得一里前途就缩短了一里。“播了种一定会有收获，用了力绝不至于白费”，这是我们最可靠的信心。

跟着自己的兴趣走

……目前很多学生选择科系时，从师长的眼光看，都不免带有短见，倾向于功利主义方面。天才比较高的都跑到医工科去，而且只走入实用方面，而又不选择基本学科，譬如学医的，内科、外科、产科、妇科，有很多人选，而基本学科譬如生物化学、病理学，很少青年人去选读，这使我感到今日的青年不免短视，带着近视眼镜去看自己的前途与将来。我今天头一项要讲的，就是根据我们老一辈的对选科系的经验，贡献给各位。我讲一段故事。

记得四十八年前，我考取了官费出洋，我的哥哥特地从东三省赶到上海为我送行，临行时对我说，我们的家早已破坏中落了，你出国要学些有用之学，帮助复兴家业，重振门楣，他要我学开矿或造铁路，因为这是比较容易找到工作的，千万不要学些没用的文学、哲学之类没饭吃的东西。

我说好的，船就要开了，那时和我一起去美国的留学生共有七十人，分别进入各大学。在船上我就想，开矿没兴趣，造铁路也不感兴趣，于是只好采取调和折中的办法，要学有用之学，当时康奈尔大学有全美国最好的农学院，于是就决定进去学科学的农学，也许对国家社会有点贡献吧！那时进康大的原因有二：一是康大有当时最好的农学院，且不收学费，而每个月又可获得八十元的津贴；我刚才说过，我家破了产，母亲待养，那时我还没结婚，一切从命，所以可将部分的钱拿回养家。另一是我国有百分之八十的人是农民，将来学会了科学的农业，也许可以有益于国家。

入校后头一星期就突然接到农场实习部的信，叫我去报到。那时教授便问我："你有什么农场经验？"我答："没有。""难道一点都没有吗？""要有嘛，我的外公和外婆，都是道地的农夫。"教授说："这与你不相干。"我又说："就是因为没有，才要来学呀！"后来他又问："你洗过马没有？"我说："没有。"我就告诉他中国人种田是不用马的。于是老师就先教我洗马，他洗一面，我洗另一面。他又问我会套车吗，我说也不会。于是他又教我套车，我套一边，套好跳上去，兜一圈子。接着就到农场做选种的实习工作，手起了泡，但仍继续的忍耐下去。农复会的沈宗瀚先生写一本《克难苦学记》，要我和他作一篇序，我也就替他做一篇很长的序。我们那时学农的人很多，但只有沈宗瀚先生赤过脚下过田，是唯一确实有农场经验的人。学了一年，成绩还不错，功课都在八十五分以上。第二年我就可以多选两个学分，于是我选种果学，即种苹果学。分上午讲课与下午实习。上课倒没有什么，还甚感兴趣，下午实验，走入实习室，桌上有各色各样的苹果三十个，颜色有红的，有黄的，有青的……形状有圆的、有长的、有椭圆的、有四方的……要照着一本手册上的标准，去定每一苹果的学名，蒂有多长？花是什么颜色？肉是甜是酸？是软是硬？弄了两个小时。弄了半个小时一个都弄不了，满头大汗，真是冬天出大汗。抬头一看，呀！不对头，那些美国同学都做完跑光了，把苹果拿回去吃了。他们不需剖开，因为他们比较熟悉，查查册子后面的普通名词就可以定学名，在他们是很简单。我只弄了一半，一半又是错的。回去就自己问自己学这个有什么用？要是靠当时的活力与记性，用上一个晚上来强记，四百多个名字都可记下来应付考试。但试想有什么用呢？那些苹果在我国烟台也没有，青岛也没有，安徽也没有……我认为科学的农学无用了，于是决定改行，那时正是民国元年，国内正在革命的时候，也许学别的东西更有好处。

那么，转系要以什么为标准呢？依自己的兴趣呢？还是看社会的需要？我年轻时候的《留学日记》，有一首诗，现在我也背不出来了。我选课用什么做标准？听哥哥的话？看国家的需要？还是凭自己？只有两个标准：一个是“我”；一个是“社会”，看看社会需要什么？国家需要什么？中国现代需要什么？但这个标准——社会上三百六十行，行行都需要，现在可以说三千六百行，从诺贝尔得奖人到修理马桶的，社会都需要，所以社会的标准并不重要。因此，在定主意的时候；便要依着自我的兴趣了——即性之所近，力之所能。我的兴趣在什么地方？与我性质相近的是什么？问我能做什么？对什么感兴趣？我便照着这个标准转到文学院了。但又有一个困难，文科要缴费，而从康大中途退出，要赔出以前二年的学费，我也顾不得这些。经过四位朋友的帮忙，由八十元减到三十五元，终于达成愿望。在文学院以哲学为主，英国文学、经济、政治学之门为副。后又以哲学为主，经济理论、英国文学为副科。到哥伦比亚大学后，仍以哲学为主，以政治理论、英国文学为副。我现在六十八岁了，人家问我学什么？我自己也不知道学些什么？我对文学也感兴趣，白话文方面也曾经有过一点小贡献。在北大，我曾做过哲学系主任、外国文学系主任、英国文学系主任，中国文学系也做过四年的系主任，在北大文学院六个学系中，五系全做过主任。现在我自己也不知道学些什么，我刚才讲过现在的青年大倾向于现实了，不凭性之所近，力之所能去选课。譬如一位有作诗天才的人，不进中文系学做诗，而偏要去医学院学外科，那么文学院便失去了一个一流的诗人，而国内却添了一个三四流甚至五流的饭桶外科医生，这是国家的损失，也是你们自己的损失。

在一个头等第一流的大学，当初日本筹划帝大的时候，真的计划远大，规模宏伟，单就医学院就比当初日本总督府还要大。科学的书籍都是从第一号编起。基础良好，我们接收已有十余年了，总算没有辜负当初的计划。今日台大可说是台湾唯一最完善的大学，各位不要有成见，带着近视眼镜来看自己的前途，看自己的将来。听说入学考试时有七十二个志愿可填，这样七十二变，变到最后不知变成了什么，当初所填的志愿，不要当做最后的决定，只当做暂时的方向。要在大学一、二年的时候，东摸摸西摸摸的瞎摸。不要有短见，十八九岁的青年仍没有能力决定自己的前途、职业。进大学后第一年到处去摸、去看，探险去，不知道的我偏要去学。如在中学时候的数学不好，现在我偏要去学，中学时不感兴趣，也许是老师不好。现在去听听最好的教授的讲课，也许会提起你的兴趣。好的先生会指导你走上一个好的方向，第一、二年甚至于第三年还来得及，只要依着自己“性之所近，力之所能”的做去，这是清代大儒章学诚的话。

现在我再说一个故事，不是我自己的，而是近代科学的开山大师——伽利略（Galileo），他是意大利人，父亲是一个有名的数学家，他的父亲叫他不要学他这一行，学这一行是没饭吃的，要他学医。他奉命而去。当时意大利正是文艺复兴的时候，他到大学以后曾被教授和同学捧誉为“天才的画家”，他也很得意。父亲要他学医，他却发现了美术的天才。他读书的佛劳伦斯地方是一工业区，当地的工业界首领希望在这大学多造就些科学的人才，鼓励学生研究几何，于是在这大学里特为官儿们开设了几何学一科，聘请一位叫Ricci氏当教授。有一天，他打从那个地方过，偶然的定脚在听讲，有的官儿们在打瞌睡，而这位年轻的伽利略却非常感兴趣。是不断地一直继续下去，趣味横生，便改学数学，由于浓厚的兴趣与天才，就决心去东摸摸西摸摸，摸出一条兴趣之路，创造了新的天文学、新的物理学，终于成为一位近代科学的开山大师。

大学生选择学科就是选择职业。我现在六十八岁了，我也不知道所学的是什么？希望各位不要学我这样老不成器的人。勿以七十二志愿中所填的一愿就定了终身，还没有的，就是大学二、三年也还没定。各位在此完备的大学里，目前更有这么多好的教授人才来指导，趁此机会加以利用。社会上需要什么，不要管它，家里的爸爸、妈妈、哥哥、朋友等，要你做律师、做医生，你也不要管他们，不要听他们的话，只要跟着自己的兴趣走。想起当初我哥哥要我学开矿，造铁路，我也没听他的话，自己变来变去变成一个老不成器的人。后来我哥哥也没说什么。只管我自己，别人不要管他。依着“性之所近，力之所能”学下去，其未来对国家的贡献也许比现在盲目所选的或被动选择的学科会大得多，将来前途也是无可限量的……

哲学与人生

前次承贵会邀我演讲关于佛学的问题，我因为对于佛学没有充分的研究，拿浅薄的学识来演讲这一类的问题，未免不配；所以现在讲“哲学与人生”，希望对于佛学也许可以贡献点参考。不过，我所讲的有许多地方和佛家意见不合，佛学会的诸君态度很公开，大约能够容纳我的意见的！讲到“哲学与人生”，我们必先研究它的定义：什么叫哲学？什么叫人生？然后才知道它们的关系。

我们先说人生。这六月来，国内思想界，不是有玄学与科学的笔战吗？国内思想界的老将吴稚晖先生，就在《太平洋杂志》上发表一篇《一个新信仰的宇宙观及人生观》。其中下了一个人生的定义。他说：“人是哺乳动物中的有二手二足用脑的动物。”人生即是这种动物所演的戏剧，这种动物在演时，就有人生；停演时就没人生。所谓人生观，就是演时对于所演之态度，譬如：有的喜唱花面，有的喜唱老生，有的喜唱小生，有的喜摇旗呐喊；凡此种种两脚两手在演戏的态度，就是人生观。不过单是登台演剧，红进绿出，有何意义？想到这层，就发生哲学问题。哲学的定义，我们常在各种哲学书籍上见到，不过我们尚有再找一个定义的必要。我在《中国哲学史大纲》上卷上所下的哲学定义说："哲学是研究人生切要的问题，从根本上着想，去找根本的解决。"但是根本两字意义欠明，现在略加修改，重新下了一个定义说："哲学是研究人生切要的问题，从意义上着想，去找一个比较可普遍适用的意义。"现在举两个例来说明它，要晓得哲学的起点是由于人生切要的问题，哲学的结果是对于人生的适用。人生离了哲学，是无意义的人生；哲学离了人生，是想入非非的哲学。现在哲学家多凭空臆说，离得人生问题太远，真是上穷碧落，愈闹愈糟！

现在且说第一个例：两千五百年前在喜马拉雅山南部有一个小国——迦叶——里，街上倒卧着一个病势垂危的老丐，当时有一个王太子经过，在别人看到，将这老丐赶开，或是毫不经意地走过去了，但是那王太子是赋有哲学天才的人，他就想人为什么逃不出老、病、死，这三个大关头，因此他就放弃了他的太子爵位、妻孥、便嬖、皇宫、财货，遁迹入山，去静想人生的意义。后来忽然在树下想到一个解决，就是将人生一切问题拿主观去看，假定一切都是空的，那么，老、病、死，就不成问题了。这种哲学的合理与否，姑不具论，但是那太子的确是研究人生切要的问题，从意义上着想去找他以为比较普遍适用的意义。

我们再举一个例：譬如我们睡到夜半醒来，听见贼来偷东西，那我就将他捉住，送县究办。假如我们没有哲性，就这么了事，再想不到“人为什么要做贼”等等的问题，或者那贼竟苦苦哀求起来，说他所以做贼的缘故，因为母老、妻病、子女待哺，无处谋生，迫于不得已而为之，假如没哲性的人，对于这种吁求，也不见有甚良心上的反动。至于富于哲性的人就要问了，为什么不得已而为之？天下不得已而为之的事有多少？为什么社会没得给他做工？为什么子女这样多？为什么老病死？这种偷窃的行为，是由于社会的驱策，还是由于个人的堕落？为什么不给穷人偷？为什么他没有我有？他没有我有是否应该？拿这种问题，逐一推思下去，就成为哲学。由此看来，哲学是由小事放大，从意义着想而得来的，并非空说高谈能够了解的。推论到宗教哲学、政治哲学、社会哲学等，也无非多从活的人生问题推衍阐明出来的。

我们既晓得什么叫人生，什么叫哲学，而且略会看到两者的关系，现在再去看意义在人生占的什么地位。现在一般的人饱食终日，无所用心。思想差不多是社会的奢侈品。他们看人生种种事实，和乡下人到城里未看见五光十色的电灯一样。只看到事实的表面，而不了解事实的意义。因为不能了解意义的缘故，所以连事实也不能了解了。这样说来，人生对于意义，极有需要，不知道意义，人生是不能了解的。

宋朝朱子这班人，终日对物格物，终于找不到着落，就是不从意义上着想的缘故。又如平常人看见病人种种病象，他单看见那些事实而不知道那些事实的意义，所以莫名其妙。至于这些病象一到医生眼里，就能对症下药，因为医生不单看病象，还要晓得病象的意义的缘故。因此，了解人生不单靠事实，还要知道意义！

那么，意义又从何来呢？有人说：意义有两种来源：一种是从积累得来，是愚人取得意义的方法；一种是由直觉得来，是大智取得意义的方法。积累的方法，是走笨路；用直觉的方法是走捷径。据我看来，欲求意义唯一的方法，只有走笨路，就是日积月累地去做刻苦的工夫，直觉不过是熟能生巧的结果，所以直觉是积累最后的境界，而不是豁然贯通的。大发明家爱迪生有一次演说，他说，天才99%是汗，1%是神。可见得天才是下了番苦功才能得来，不出汗绝不会出神的。所以有人应付环境觉得难，有人觉得易，就是日积月累的意义多寡而已。哲学家并不是什么，只是对人生所得的意义多点罢了。

欲得人生的意义，自然要研究哲学史，去参考已往的死的哲理。不过还有更重要的，是注意现在的活的人生问题，这就是做人应有的态度。现在我举两个可模范的大哲学家来做我的结论，这两大哲学家一个是古代的苏格拉底，一个是现代的笛卡尔。

苏格拉底是希腊的穷人，他觉得人生醉生梦死，毫无意义，因此到公共市场，见人就盘问，想借此得到人生的解决。有一次，他碰到一个人去打官司，他就问他，为什么要打官司？那人答道，为公理。他复问道，什么叫公理？那人便瞠目结舌不能作答。苏氏笑道，我知道我不知，却不知道你不知呵！后来又有一个人告他的父亲不信国教，他又去盘问，那人又被问住了。因此希腊人多恨他，告他两大罪，说他不信国教，带坏少年，政府就判他的死刑。他走出来的时候，对告他的人说："未经考察过的生活，是不值得活的。你们走你们的路，我走我的路罢！"后来他就从容就刑，为找寻人生的意义而牺牲他的生命！

笛卡尔旅行的结果，觉到在此国以为神圣的事，在他国却视为下贱；在此国以为大逆不道的事，在别国却奉为天经地义，因此他觉悟到贵贱善恶是因时因地而不同的。他以为从前积下来的许多观念知识是不可靠的，因为他们多是乘他思想幼稚的时候侵入来的。如若欲过理性生活，必得将从前积得的知识，一件一件用怀疑的态度去评估它们的价值，重新建设一个理性的是非。这怀疑的态度，就是他对于人生与哲学的贡献。

现在诸君研究佛学，也应当用怀疑的态度去找出它的意义，是否真正比较得普遍适用？诸君不要怕，真有价值的东西，绝不为怀疑所毁；而能被怀疑所毁的东西，绝不会真有价值。我希望诸君实行笛卡尔的怀疑态度，牢记苏格拉底所说的"未经考察过的生活，是不值得活的"这句话。那么，诸君对于明阐哲学，了解人生，不觉其难了。

我们对待西洋近代文明的态度

今日最没有根据而又最有毒害的妖言是讥贬西洋文明为唯物的（Materialistic），而尊崇东方文明为精神的（Spiritual）。这本是很老的见解，在今日却有新兴的气象。从前东方民族受了西洋民族的压迫，往往用这种见解来解嘲，来安慰自己。近几年来，欧洲大战的影响使一部分的西洋人对于近世科学的文化起一种厌倦的反感，所以我们时时听见西洋学者有崇拜东方精神文明的议论。这种议论，本来只是一时的病态的心理，却正投合了东方民族的夸大狂；东方的旧势力就因此增加了不少的气焰。

我们不愿"开倒车"的少年人，对于这个问题不能没有一种彻底的见解，不能没有一种鲜明的表示。

现在高谈"精神文明""物质文明"的人，往往没有共同的标准做讨论的基础，故只能做文字上或表面上的争论，而不能有根本的了解。我想提出几个基本观念来做讨论的标准。

第一，文明（Civilization）是一个民族应付他的环境的总成绩。

第二，文化（Culture）是一种文明所形成的生活的方式。

第三，凡一种文明的造成，必有两个因子：一是物质的，（Material）包括种种自然界的势力与质料；一是精神的，（Spiritual）包括一个民族的聪明才智，感情和理想。凡文明都是人的心思智力运用自然界的质与力的作品；没有一种文明是精神的，也没有一种文明单是物质的。

我想这三个观念是不须详细说明的，是研究这个问题的人都可以承认的。一只瓦盆和一只铁铸的大蒸汽炉，一只舢板船和一只大汽船，一部单轮小车和一辆电力街车，都是人的智慧利用自然界的质力制造出来的文明，同有物质的基础，同有人类的心思才智。这里面只有个精粗巧拙的程度上的差异，却没有根本上的不同。蒸汽铁炉固然不必笑瓦盆的幼稚，单轮小车上的人也更不配自夸他的精神的文明，而轻视电车上人的物质的文明。

因为一切文明都少不了物质的表现，所以“物质的文明”（Material Civilization）是一个名词，不应该有什么讥贬的含义。我们说一部摩托车是一种物质的文明，不过单指他的物质的形体；其实一部摩托车所代表的人类的心思智慧绝不亚于一首诗所代表的心思智慧。所以“物质的文明”不是和“精神的文明”反对的一个贬词，我们可以不讨论。

我们现在要讨论的是（1）什么叫做“唯物的文明”（Materialistic Civilization），（2）西洋现代文明是不是唯物的文明。

崇拜所谓东方精神文明的人说，西洋近代文明偏重物质上和肉体上的享受，而略视心灵上与精神上的要求，所以是唯物的文明。

我们先要指出这种议论含有灵肉冲突的成见，我们认为错误的成见。我们深信，精神的文明必须建筑在物质的基础之上。提高人类物质上的享受，增加人类物质上的便利与安逸，这都是朝着解放人类的能力的方向走，使人们不至于把精力心思全抛在仅仅生存之上，使他们可以有余力去满足他们的精神上的要求。东方的哲人曾说：

> 衣食足而后知荣辱，仓廪实而后知礼节。

这不是什么舶来的“经济史观”；这是平恕的常识。人世的大悲剧是无数的人们终身做血汗的生活，而不能得着最低限度的人生幸福，不能避免冻与饿。人世的更大悲剧是人类的先知先觉者眼看无数人们的冻饿，不能设法增进他们的幸福，却把“乐天”“安命”“知足”“安贫”种种催眠药给他们吃，叫他们自己欺骗自己，安慰自己。西方古代有一则寓言说，狐狸想吃葡萄，葡萄太高了，他吃不着，只好说“我本不爱吃这酸葡萄！”狐狸吃不着甜葡萄，只好说葡萄是酸的；人们享不着物质上的快乐，只好说物质上的享受是不足羡慕的，而贫贱是可以骄人的。这样自欺自慰成了懒惰的风气，又不足为奇了。于是有狂病的人又进一步，索性回过头去，戕贼身体，断臂，绝食，焚身？以求那幻想的精神的安慰。从自欺自慰以至于自残自杀，人生观变成了人死观，都是从一条路上来的：这条路就是轻蔑人类的基本的欲望。朝这条路上走，逆天而拂性，必至于养成懒惰的社会，多数人不肯努力以求人生基本欲望的满足，也就不肯进一步以求心灵上与精神上的发展了。

西洋近代文明的特色便是充分承认这个物质的享受的重要。西洋近代文明，依我的鄙见看来，是建筑在三个基本观念之上：

第一，人生的目的是求幸福。

第二，所以贫穷是一桩罪恶。

第三，所以衰病是一桩罪恶。

借用一句东方古话，这就是一种“利用厚生”的文明。因为贫穷是一桩罪恶，所以要开发富源，奖励生产，改良制造，扩张商业。因为衰病是一桩罪恶，所以要研究医药，提倡卫生，讲求体育，防止传染的疾病，改善人种的遗传。因为人生的目的是求幸福，所以要经营安适的起居，便利的交通，洁净的城市，优美的艺术，安全的社会，清明的政治。纵观西洋近代的一切工艺，科学，法制，固然其中也不少杀人的利器与侵略掠夺的制度，我们终不能不承认那利用厚生的基本精神。

这个利用厚生的文明，当真忽略了人类心灵上与精神上的要求吗？当真是一种唯物的文明吗？

我们可以大胆地宣言：西洋近代文明绝不轻视人类的精神上的要求。我们还可以大胆地进一步说：西洋近代文明能够满足人类心灵上的要求的程度，远非东洋旧文明所能梦见。在这一方面看来，西洋近代文明绝非唯物的，乃是理想主义的（Idealistic），乃是精神的（Spiritual）。

我们先从理智的方面说起。

西洋近代文明的精神方面的第一特色是科学。科学的根本精神在于求真理。人生世间，受环境的逼迫，受习惯的支配，受迷信与成见的拘束。只有真理可以使你自由，使你强有力，使你聪明圣智；只有真理可以使你打破你的环境里的一切束缚，使你勘天，使你缩地，使你天不怕，地不怕，堂堂地做一个人。

求知是人类天生的一种精神上的最大要求。东方的旧文明对于这个要求，不但不想满足他，并且常想裁制他，断绝他。所以东方古圣人劝人要“无知”，要“绝圣弃智”要“断思维”，要“不识不知，顺帝之则”。这是畏难，这是懒惰。这种文明，还能自夸可以满足心灵上的要求吗？

东方的懒惰圣人说，“吾生也有涯，而知也无涯，以有涯逐无涯，殆已。”所以他们要人静坐澄心，不思不虑，而物来顺应。这是自欺欺人的诳语，这是人类的夸大狂。真理是深藏在事物之中的；你不去寻求探讨，他绝不会露面。科学的文明教人训练我们的官能智慧，一点一滴地去寻求真理，一丝一毫不放过，一铢一两地积起来。这是求真理的唯一法门。自然（Nature）是一个最狡猾的妖魔，只有敲打可以逼她吐露真情。不思不虑的懒人只好永远作愚昧的人，永远走不进真理之门。

东方的懒人又说："真理是无穷尽的，人的求知的欲望如何能满足呢？"诚然，真理是发现不完的。但科学绝不因此而退缩。科学家明知真理无穷，知识无穷，但他们仍然有他们的满足：进一寸有一寸的愉快，进一尺有一尺的满足。二千多年前，一个希腊哲人思索一个难题，想不出道理来；有一天，他跳进浴盆去洗澡，水涨起来，他忽然明白了，他高兴极了，赤裸裸地跑出门去，在街上乱嚷道，"我寻着了！我寻着了！"（Eureka！Eureka！）这是科学家的满足。Newton Pasteur以至于Edison时有这样的愉快。一点一滴都是进步，一步一步都可以踌躇满志。这种心灵上的快乐是东方的懒圣人所梦想不到的。

这里正是东西文化的一个根本不同之点。一边是自暴自弃的不思不虑，一边是继续不断的寻求真理。

朋友们，究竟是那一种文化能满足你们的心灵上的要求呢？

其次，我们且看看人类的情感与想象力上的要求。

文艺，美术，我们可以不谈，因为东方的人，凡是能睁开眼睛看世界的，至少还都能承认西洋人并不曾轻蔑了这两个重要的方面。

我们来谈谈道德与宗教罢。

近世文明在表面上还不曾和旧宗教脱离关系，所以近世文化还不曾明白建立他的新宗教新道德。但我们研究历史的人不能不指出近世文明自有他的新宗教与新道德。科学的发达提高了人类的知识，使人们求知的方法更精密了，评判的能力也更进步了，所以旧宗教的迷信部分渐渐被淘汰到最低限度，渐渐地连那最低限度的信仰——上帝的存在与灵魂的不灭——也发生疑问了。所以这个新宗教的第一特色是他的理智化。近世文明仗着科学的武器，开辟了许多新世界，发现了无数新真理，征服了自然界的无数势力，叫电气赶车，叫“以太”送信，真个作出种种动地掀天的大事业来。人类的能力的发展使他渐渐增加对于自己的信仰心，渐渐把向来信天安命的心理变成信任人类自己的心理。所以这个新宗教的第二特色是他的人化。智识的发达不但抬高了人的能力，并且扩大了他的眼界，使他胸襟阔大，想象力高远，同情心浓挚。同时，物质享受的增加使人有余力可以顾到别人的需要与痛苦。扩大了的同情心加上扩大了的能力，遂产生了一个空前的社会化的新道德，所以这个新宗教的第三特色就是他的社会化的道德。

古代的人因为想求得感情上的安慰，不惜牺牲理智上的要求，专靠信心（Faith），不问证据，于是信鬼，信神，信上帝，信天堂，信净土，信地狱。近世科学便不能这样专靠信心了。科学并不菲薄感情上的安慰；科学只要求一切信仰须要经得起理智的评判，须要有充分的证据，凡没有充分证据的，只可存疑，不足信仰。赫肯黎（Huxley）说的最好：

> 如果我对于解剖学上或生理学上的一个小小困难，必须要严格的不信任一切没有充分证据的东西，方才可望有成绩，那么，我对于人生的奇秘的解决，难道就可以不用这样严格的条件吗？

这正是十分尊重我们的精神上的要求。我们买一亩田，卖二间屋，尚且要一张契据；关于人生的最高希望的根据，岂可没有证据就胡乱信仰吗？

这种“拿证据来”的态度，可以称为近世宗教的“理智化”。

从前人类受自然的支配，不能探讨自然界的秘密，没有能力抵抗自然的残酷，所以对于自然常怀着畏惧之心。拜物，拜畜生，怕鬼，敬神，“小心翼翼，昭事上帝”，都是因为人类不信任自己的能力，不能不依靠一种超自然的势力。现代的人便不同了。人的智力居然征服了自然界的无数质力，上可以飞行无碍，下可以潜行海底，远可以窥算星辰，近可以观察极微。这个两只手一个大脑的动物——人——已成了世界的主人翁，他不能不尊重自己了。一个少年的革命诗人曾这样的歌唱：

我独自奋斗，胜败我独自承当，
我用不着谁来放我自由，
我用不着什么耶稣基督，
妄想他能替我赎罪替我死。

I fight alone and，win or sink，
I need no one to make me free，
I want no Jesus Christ to think
That he could ever die for me。

这是现代人化的宗教。信任天不如信任人，靠上帝不如靠自己。我们现在不妄想什么天堂天国了，我们要在这个世界上建造“人的乐国”。我们不妄想做不死的神仙了，我们要在这个世界上做个活泼健全的人。我们不妄想什么四禅定六神通了，我们要在这个世界上做个有聪明智慧可以勘天缩地的人。我们也许不轻易信仰上帝的万能了，我们却信仰科学的方法是万能的，人的将来是不可限量的。我们也许不信灵魂的不灭了，我们却信人格是神圣的，人权是神圣的。

这是近世宗教的“人化”。

但最重要的要算近世道德宗教的“社会化”。

古代的宗教大抵注重个人的拯救；古代的道德也大抵

“注重个人的修养。虽然也有自命普度众生的宗教，虽然也有自命兼济天下的道德，然而终苦于无法下手，无力实行，只好仍旧回到个人的身心上用功夫，做那向内的修养。越向内做功夫，越看不见外面的现实世界；越在那不可捉摸的心性上玩把戏，越没有能力应付外面的实际问题。即如中国八百年的理学功夫居然看不见二万万妇女缠足的惨无人道！明心见性，何补于人道的苦痛困穷！坐禅主敬，不过造成许多“四体不勤，五谷不分”的废物！

近世文明不从宗教下手，而结果自成一个新宗教；不从道德入门，而结果自成一派新道德。十五十六世纪的欧洲国家简直都是几个海盗的国家，哥伦布（Columbus）马汲伦（Magellan）都芮克（Drake）一班探险家都只是一些大海盗。他们的目的只是寻求黄金，白银，香料，象牙，黑奴。然而这班海盗和海盗带来的商人开辟了无数新地，开拓了人的眼界，抬高了人的想象力，同时又增加了欧洲的富力。工业革命接着起来，生产的方法根本改变了，生产的能力更发达了。二三百年间，物质上的享受逐渐增加，人类的同情心也逐渐扩大。这种扩大的同情心便是新宗教新道德的基础。自己要争自由，同时便想到别人的自由，所以不但自由须以不侵犯他人的自由为界限，并且还进一步要求绝大多数人的自由。自己要享受幸福，同时便想到人的幸福，所以乐利主义（Utilitarianism）的哲学家便提出“最大多数的最大幸福”的标准来做人类社会的目的。这都是“社会化”的趋势。

十八世纪的新宗教信条是自由，平等，博爱。十九世纪中叶以后的新宗教信条是社会主义。这是西洋近代的精神文明，这是东方民族不曾有过的精神文明。

固然东方也曾有主张博爱的宗教，也曾有公田均产的思想。但这些不过是纸上的文章，不曾实地变成社会生活的重要部分，不曾变成范围人生的势力，不曾在东方文化上发生多大的影响。在西方便不然了。“自由，平等，博爱”成了十八世纪的革命口号。美国的革命，法国的革命，一八四八年全欧洲的革命运动，一八六二年的南北美战争，都是在这三大主义的旗帜之下的大革命。美国的宪法，法国的宪法，以至于南美洲诸国的宪法，都是受了这三大主义的绝大影响的。旧阶级的打倒，专制政体的推翻，法律之下人人平等的观念的普遍，“信仰，思想，言论，出版”几大自由的保障的实行，普及教育的实施，妇女的解放，女权的运动，妇女参政的实现，……都是这个新宗教新道德的实际的表现。这不仅仅是三五个哲学家书本子里的空谈；这都是西洋近代社会政治制度的重要部分，这都已成了范围人生，影响实际生活的绝大势力。

十九世纪以来，个人主义的趋势的流弊渐渐暴白于世了，资本主义之下的苦痛也渐渐明了了。远识的人知道自由竞争的经济制度不能达到真正“自由，平等，博爱”的目的。向资本家手里要求公道的待遇，等于“与虎谋皮”。救济的方法只有两条大路：一是国家利用其权力，实行裁制资本家，保障被压迫的阶级；一是被压迫的阶级团结起来，直接抵抗资本阶级的压迫与掠夺。于是各种社会主义的理论与运动不断地发生。西洋近代文明本建筑在个人求幸福的基础之上，所以向来承认“财产”为神圣的人权之一。但十九世纪中叶以后，这个观念根本动摇了；有的人竟说“财产是贼赃”，有的人竟说“财产是掠夺”。现在私有财产制虽然还存在，然而国家可以征收极重的所得税和遗产税，“财产久已不许完全私有了。劳动是向来受贱视的；但资本集中的制度使劳工有大组织的可能，社会主义的宣传与阶级的自觉又使劳工觉悟团结的必要，于是几十年之中有组织的劳动阶级遂成了社会上最有势力的分子。十年以来，工党领袖可以执掌世界强国的政权，同盟总罢工可以屈伏最有势力的政府，俄国的劳农阶级竟做了全国的专政阶级。这个社会主义的大运动现在还正在进行的时期。但他的成绩已很可观了。各国的“社会立法”的发达，工厂的视察，工厂卫生的改良，儿童工作与妇女工作的救济，红利分配制度的推行，缩短工作时间的实行，工人的保险，合作制之推行，最低工资（Minimum Wage）的运动，失业的救济，级进制的（Progressive）所得税与遗产税的实行，……这都是这个大运动已经做到的成绩，这也不仅仅是纸上的文章，这也都已成了近代文明的重要部分。

这是“社会化”的新宗教与新道德。

东方的旧脑筋也许要说：“这是争权夺利，算不得宗教与道德。”这里又正是东西文化的一个根本不同之点。一边是安分，安命，安贫，乐天，不争，认吃亏；一边是不安分，不安贫，不肯吃亏，努力奋斗，继续改善现成的境地。东方人见人富贵，说他是“前世修来的”；自己贫，也说是“前世不曾修”，说是“命该如此”。西方人便不然，他说，“贫富的不平等，痛苦的待遇，都是制度的不良的结果，制度是可以改良的。”他们不是争权夺利，他们是争自由，争平等，争公道，他们争的不仅仅是个人的私利，他们奋斗的结果是人类绝大多数人的福利。最大多数人的最大幸福，不是袖手念佛号可以得来的，是必须奋斗力争的。

朋友们，究竟是那一种文化能满足你们的心灵上的要求呢?

我们现在可综合评判西洋近代的文明了，这一系的文明建筑在“求人生幸福”的基础之上，确然替人类增进了不少的物质上的享受；然而他也确然很能满足人类的精神上的要求。他在理智的方面，用精密的方法，继续不绝地寻求真理，探索自然界无穷的秘密。他在宗教道德的方面，推翻了迷信的宗教，建立合理的信仰；打倒了神权，建立人化的宗教；抛弃了那不可知的天堂净土，努力建设“人的乐国”“人世的天堂”；丢开了那自称的个人灵魂的超拔，尽量用人的新想象力和新智力去推行那充分社会化了的新宗教与新道德，努力谋人类最大多数的最大幸福。

东方的文明的最大特色是知足。西洋的近代文明的最大特色是不知足。

知足的东方人自安于简陋的生活，故不求物质享受的提高；自安于愚昧，自安于“不识不知”，故不注意真理的发现与技艺器械的发明；自安于现成的环境与命运，故不想征服自然，只求乐天安命，不想改革制度，只图安分守己，不想革命，只做顺民。

这样受物质环境的拘束与支配，不能跳出来，不能运用人的心思智力来改造环境改良现状的文明，是懒惰不长进的民族的文明，是真正唯物的文明。这种文明只可以遏抑而绝不能满足人类精神上的要求。

西方人大不然。他们说“不知足是神圣的”（Divine Discontent）。物质上的不知足产生了今日钢铁世界，蒸汽机世界，电力世界。理智上的不知足产生了今日的科学世界。社会政治制度上的不知足产生了今日的民权世界，自由政体，男女平权的社会，劳工神圣的喊声，社会主义的运动。神圣的不知足是一切革新一切进化的动力。

这样充分运用人的聪明智慧来寻求真理以解放人的心灵，来制服天行以供人用，来改造物质的环境，来改革社会政治的制度，来谋人类最大多数的最大幸福，——这样的文明应该能满足人类精神上的要求，这样的文明是精神的文明，是真正理想主义的（Idealistic）文明，绝不是唯物的文明。

固然，真理是无穷的，物质上的享受是无穷的，新器械的发明是无穷的，社会制度的改善是无穷的。但格一物有一物的愉快，革新一器有一器的满足，改良一种制度有一种制度的满意。今日不能成功的，明日明年可以成功；前人失败的，后人可以继续助成。尽一分力便有一分的满意；无穷的进境上，步步都可以给努力的人充分的愉快。所以大诗人邓内孙（Tennyson）借古英雄的Ulysses 的口气歌唱道：

然而人的阅历就像一座穹门，
从那里露出那不曾走过的世界。
越走越远，永远望不到他的尽头。
半路上不干了，多么沉闷呵！
明晃晃的快刀为什么甘心上锈？
难道留得一口气就算得生活了？
……
朋友们，来罢！
去寻一个更新的世界是不会太晚的。
……
用掉的精力固然不回来了，剩下的还不少呢。
现在虽然不是从前那样掀天动地的身手了，
然而我们毕竟还是我们，
——光阴与命运颓唐了几分壮志！
终止不住那不老的雄心，
去努力，去探寻，去发现，
永不退让，不屈伏。

一九二六年六月六日

南游杂忆

我这一次因为接受香港大学的名誉学位，作第一次的南游，在香港住了五天，在广州住了两天半，在广西住了十四天。这些地方都是我多年想去而始终没有去成的，这回得有畅游的机会，使我很快慰。可惜南方的朋友待我太好了，叫我天天用嘴吃喝，天天用嘴说话，嘴太忙，所以用眼睛耳朵的机会太少了。前后二十多天之中，我竟没有工夫记日记。后来在《大公报》和《国闻周报》上读了胡政之先生的两种两粤游记，我很感觉惭愧。他游两粤，恰在我之后，走的路也恰和我走的大致一样；但他是一个有训练的名记者，勤于记载每天的观察，所以他的游记很可供读者的参考。我因为当时没有日记，回家后又两次患流行性感冒，前后在床上睡了十天，事隔日久，追忆起来更模糊了。但因为许多朋友的催逼，所以我决定写出一些追忆的印象和事实，做我第一次南游的报告。

一、香港

我在元旦上午坐哈里生总统船南下，一月四日早晨到香港，住在香港大学副校长韩耐儿（Sir Williaxn Homel）的家里。我在香港的日程，先已托香港大学文学院院长佛斯脱先生代为排定。西洋人是能体谅人的，所以每天上午都留给我自由支配，一切宴会讲演都从下午一点开始。所以我在香港五天，比较很从容，玩了不少地方。

船到香港时，天还未明，我在船面上眺望，看那轻雾中的满山灯光，真像一天繁星。韩校长的家在半山，港大也在半山，在山上望见海湾，望见远近的岛屿，气象比青岛、大连更壮丽。香港的山虽不算很高，但见面都靠海，山和海水的接近，是这里风景的特色。有一天佛斯脱先生夫妇邀我去游览香港市的背面的山水，遍览浅水湾、深水湾、香港仔、赤柱各地。阳历的一月正是香港最好的天气。满山都是绿叶，到处可以看见很浓艳的鲜花；我们久居北方的人，到这里真有“赶上春了”的快乐。我们在山路上观看海景，到圣士梯反学校小坐喝茶，看海上的斜阳，风景特别清丽。

晚上到佛斯脱先生家去吃饭，坐电车上山，走上山顶（The Peak），天已黑了，山顶上有轻雾，远望下去，看那全市的灯火，气象比纽约和旧金山的夜色还更壮丽。有个朋友走遍世界的，曾说，香港的夜景，只有南美洲巴西的里约热内卢（Rio de Janeiro）和澳洲的悉尼（Sydeny）两处可以相比。过了一天，有朋友邀我去游九龙，因时间太晚，走的不远，但大埔和水塘一带的风景的美丽已够使我们惊异了。

有一天，我在扶轮社午餐后演说，提到香港的风景之美，我说：香港应该产生诗人和画家，用他们的艺术来赞颂这里的海光山色。有些人听了颇感觉诧异。他们看惯了，住腻了，终日只把这地方看作一个吃饭做买卖的商场，所以不能欣赏那山水的美景了。但二十天之后，我从广西回到香港时，有人对我说，香港商会现在决定要编印一部小册子，描写香港的风景，他们准备印两万本，来宣传香港的山水之美！

香港大学最有成绩的是医科与工科，这是外间人士所知道的。这里的文科比较最弱，文科的教育可以说是完全和中国大陆的学术思想不发生关系。这是因为此地英国人士向来对于中国文史太隔膜了，此地的中国人士又太不注意港大文科的中文教学，所以中国文字的教授全在几个旧式科第文人的手里，大陆上的中文教学早已经过了很大的变动，而港大还完全在那变动大潮流之外。近年副校长韩君与文学院院长佛君都很注意这个问题，他们两人去年都曾到北方访问考查；去年夏天港大曾请广东学者陈受颐先生和客肇祖先生到这里来研究港大的中文教学问题，请他们自由批评并指示改革的途径。这种虚心的态度是很可以佩服的。我在香港时，很感觉港大当局确有改革文科中国文字教学的诚意，本地绅士如周寿臣、罗旭和诸先生也都热心赞助这件改革事业。但他们希望一个能主持这种改革计划的人，这个人必须兼有四种资格：（一）须是一位高明的国学家，（二）须能通晓英文，能在大学会议席上为本系辩护，（三）须是一位有管理才干的人，（四）最好须是一位广东籍的学者。因为这样的人才一时不易得，所以这件改革事业至今还不曾进行。

香港大学创始于爱里鹗爵士（Sir Charles Eliot），此君是一位博学的学者，精通梵文和巴利（Pali）文，着有《印度教与佛教》三矩册；晚年曾任驻日本大使，退休后即寄居奈良，专研究日本的佛教，想著一部专书。书稿本成，他因重病回国，死在印度洋的船上。一九二七年五月，我从美国回来，过日本奈良，曾在奈良旅馆里见着他。那一天同餐的，有法国的勒卫先生（SyboteVi），瑞士（现改法国籍）的戴弥微先生（Demieville），日本的高楠顺次郎先生和法隆寺的佐伯方丈，五国的研究佛教的学人聚在一堂，可称盛会。于今不过八年，那几个人都云散了，而当日餐会的主人已葬在海底了！

爱里鹗校长是最初推荐钢和泰先生给北京大学的人。钢先生从此留在北京，研究佛教，教授梵文和藏文，至今十五六年了。香港大学对中国学术上的贡献，大概要算这件事为最大。可惜爱里鹗以后，这样的学术上的交通就不曾继续了。

香港的教育问题，不仅是港大的中文教学问题。我在香港曾和巢坤霖先生、罗仁伯先生细谈，才知道中小学的中文教学问题更是一个急待救济的问题。香港的人口，当然绝大数是中国人。他们的儿童入学，处处感觉困难，最大的困难是那绝大多数的华文学校和那少数的英文中学不能相衔接，华文学校是依中国新学制的六六制办的，小学六年，中学也六年。英文中学却有八年。依年龄的分配，在理论上，一个儿童读了四年小学，应该可以接上英文中学的最低级（第八级）。事实上却不然，华人子弟往往要等到初中二三年（即第八九年）方才能考英文中学。其间除了英文之外，其余的他种学科都是学过了还须重习的。这样的不相衔接，往往使儿童枉费去三年至五年的光阴。所以这是一个最严重的问题。香港与九龙的华文学校约有八百所，其中六百校是完全私立的，二百校是稍有政府津贴的。英文中学校之中，私立的约有一百校，其余最好的三十校又分三种：一种是官立的，一种是政府补助的，一种是英国教会办的。因为全港受英国统治与商业的支配，教学生的升学当然大家倾向那三十所设备最好的英文中学。无力升学的学生，也因为工商业都需要英文与英语，也都有轻视其他学科的倾向，还有一些人家，因为香港生活程度太高，学费太贵，往往把子弟送往内地去求学；近年中国学校不能收未立案的学校的学生，所以叫香港儿童如想在内地升学，必须早入中国的立案学校。所以香港的中小学的教学问题最复杂。家长大都希望子弟能早学英文，又都希望他们能多学一点中国文字，同时广东人的守旧风气又使他们迷恋中国古文，不肯彻底改用国语课本。结果是在绝大多数的中文学校里，文言课本还是很占势力，师资既不易得，教学的成绩自然不会好了。

罗仁伯先生是香港中文学校的视学员，他是很虚心考虑这个中文教学问题的，他也不反对白话文。但他所顾虑的是：白话文不是广东人的口语，广东儿童学白话未必比学文言更容易，也未必比学文言更有用。这不仅是他一个人的顾虑，广东朋友往往有这种见解。其实这种意思是错的。第一，今日的“国语”本是一种活的方言，因为流行最广，又已有文学作品做材料，所以最容易教学；学了也最有用。广东话也是一种活的方言，但流行比较不远，又产生的文学材料太少，所以不适宜用作教学工具。广东人虽不说国语，但他们看白话小说，新作白话文字，究竟比读古书容易的多多了。第二，“广东话”绝不能解决华南一带语言教学问题，因为华南的语言太复杂了，广东话之外，还有客话，潮州话等等。因为华南的语言太复杂了，所以用国语作统一的语言实在比在华北、华中还更需要。第三，古文是不容易教的，越下去，越不容易得古文师资了。而国语师资比较容易培养。第四，国语实在比古文丰富的多，从国语入手，把一种活文字弄通顺了，有志学古文的人将来读古书也比较容易。第五，我想香港的小学中学若彻底改用国语课本，低级修业年限或可以缩短一二年。将来谋中文学校与英文中学的衔接与整理，这也许是很可能的一个救济方法——以我对于香港的教育家，很诚恳的希望他们一致的改用国语课本。

我在香港讲演过五次：三次用英文，两次用国语。在香港用国语讲演，不是容易的事。一月六日下午，我在香港华侨教育会向两百多华文学校的教员演说了半点钟，他们都说可以勉强听官话，所以不用翻成广东话。我说的很慢，自信是字字句句清楚的。因为我怕他们听不明白，所以那篇演说里没有一句不是很浅近的话。第二天各华字报登出会场的笔记，我在《大光报》上读了一遍，觉得大旨不错，我很高兴，因为这样一篇有七八成正确的笔记使我相信香港的中小学教员听国语的程度并不坏，这是最可乐观的现象，在十年前这是绝不可能的。后来广州各报转载的，更后来北方各报转载的，大概都出于一个来源，都和《大光报》相同。其中当然有一些听错的地方，和记述白话语气不完全的地方。例如我提到教育部王部长的广播演说，笔记先生好像不知道王世杰先生，所以记作汪精卫先生了。又如我是很知道广州人对香港的感情的，所以我很小心的说“我希望香港的教育家接受新文化，用和平手段转移守旧势力，使香港成为南方的一个新文化中心”，我特别把“一个新文化中心”说得很清楚，但笔记先生好像不曾做惯白话文，他轻轻地把“一个”两字丢掉了，后来引起了广州人士不少的醋意！又如最后笔记先生记的有这样一句话：

现在不同了。香港最高级教育当局也想改进中国的文化。

这当然是很错误的纪录：我说的是香港最高教育当局现在也想改善大学里的中国文学的教学了，所以我接着说港大最近请两位中国学者来计划中文系的改革事业。凡有常识而无恶意的读者，看了上下文，绝不会在这一句上挑眼的，谁知这句句子后来在中山大学邹校长的笔下竟截去了上下文，成了一句天下驰名的名句！

那篇演说，因为各地报纸都转载了，并且除了上述各点小误之外，记载的大体不错，所以我不用转载在这里了。我的大意是劝告香港教育家充分利用香港的治安和财富，努力早日做到普及教育；同时希望他们接受中国大陆的新潮流，在思想文化上要向前走，不要向后倒退。可是我在后半段里提到广东当局反对白话文，提倡中小学读经的政策。我说的很客气，笔记先生记的是：

现在广东很多人反对用语体文，主张用古文；不但古文，而且还提倡读经书。我真不懂。因为广州是革命策源地，为什么别的地方已经风起云涌了，而革命策源地的广东尚且守旧如此。

这段笔记除了“风起云涌”四个字和“尚且”二字我绝不会用的，此外的语气大致不错。我说的虽然很客气，但读经是陈济棠先生的政策，并且曾经西南政务会议正式通令西南各省，我的公开反对是陈济棠先生不肯轻轻放过的。于是我这篇最浅近的演说在一月八日广州报纸上登出之后，就引起很严重的反对。我丝毫不知道这回事，八日的晚上，我上了“泰山”轮船，一觉醒来，就到了广州。

罗文干先生每每取笑我爱演说，说我“卖膏药”。我不懂这句话的意思，直到那晚上了轮船，我才明白了。我在头等舱里望见一个女人在散舱里站着演说，我走过去看，听不懂她说的是什么问题，只觉得她侃侃而谈，滔滔不绝，很像是一位有经验的演说大家。后来问人，才知道她是卖膏药的，在那边演说她手里的膏药的神效。我忍不住暗笑了；明天早起，我也上省卖膏药去！

二、广州

一月九日早晨六点多，船到了广州，因为大雾，直到七点，船才能靠码头。有一些新旧朋友到船上来接我，还有一些新闻记者围住我要谈话。有一位老朋友托人带了一封信来，要我立时开看。我拆开信，中有云：“兄此次到粤，诸须谨慎。”

我不很了解，但我知道这位朋友说话是很可靠的。那时和我同船从香港来的有岭南大学教务长陈荣捷先生，到船上来欢迎的有中山大学文学院长吴康先生，教授朱谦之先生，还有地方法院院长陈达材先生，他们还不知道广州当局对我的态度。陈荣捷先生和吴康先生还在船上和我商量我的讲演和宴会的日程。那日程确是可怕的！除了原定的中山大学和岭南大学各演讲两次之外，还有第一女子中学、青年会、欧美同学会等，四天之中差不多有十次演讲。上船来的朋友还告诉我：中山大学邹鲁校长出了布告，全校学生停课两天，使他们好去听我的演讲。又有人说：青年会昨天下午开始卖听讲券，一个下午卖出了两千多张。

我跟着一班朋友到了新亚酒店。已是八点多钟了。我看广州报纸，才知道昨天下午西南政务会议开会，就有人提起胡适在香港华侨教育会演说公然反对广东读经政策，但报纸上都没有说明政务会议议决如何处置我的方法。一会儿，吴康先生送了一封信来，说：

> 适晤邹海滨先生云：此间党部对先生在港言论不满，拟劝先生今日快车离省，暂勿演讲，以免发生纠纷。

邹、吴两君的好意是可感的，但我既来了，并且是第一次来观光，颇不愿意就走开。恰好陈达材先生问我要不要看看广州当局，我说：林云防主席是旧交，我应该去看看他。达材就陪我去到省政府，见着林云防先生，他大谈广东省政府的“三年建设计划”。他问我要不要见见陈总司令，我说，很好。达材去打电话，一会儿他回来说：陈总司令本来今早要出发向派出剿匪的军队训话，因为他要和我谈话，特别改迟出发。总司令部就在省政府隔壁，可以从楼上穿过。我和达材走过去，在会客室里略坐，陈济棠先生就进来了。

陈济棠先生的广东官话我差不多可以全懂，我们谈了一点半钟，大概他谈了四十五分钟，我也谈了四十五分钟。他说的话很不客气："读经是我主张的，祖孔是我主张的，拜关、岳也是我主张的。我有我的理由。"他这样说下去，滔滔不绝。他说："我民国十五年到莫斯科去研究，我是预备回来做红军总司令的。"但他后来觉得共产主义是错的。他继续说他的两大政纲：第一是生产建设，第二是做人。生产的政策就是那个"三年计划"，包括那已设未设的二十几个工厂，其中有那成立已久的水泥厂，有那前五六年才开工出糖的糖厂。他谈完了他的生产建设，转到"做人"，他的声音更高了，好像是怕我听不清似的。他说：生产建设可以尽量用外国机器，外国科学，甚至于不妨用外国工程师。但"做人"必须有"本"，这个"本"必须要到本国古文化里去寻求。这就是他主张读经祀孔的理论。他演说这"生产""做人"两大股，足足说了半点多钟。他的大旨和胡政之先生《粤桂写影》所记的陈济棠先生一小时半的谈话相同，大概这段大议论是他时常说的。

我静听到他说完了，我才很客气的答他，大意说："依我的看法，伯南先生的主张和我的主张只有一点不同。我们都要那个'本'，所不同的是：伯南先生要的是'二本'，我要的是‘一本’。生产建设须要科学，做人须要读经祀孔，这是‘二本’之学。我个人的看法是：生产要用科学知识，做人也要用科学知识，这是‘一本’之学。”

他很严厉的睁着两眼，大声说：“你们都是忘本！难道我们五千年的老祖宗都不知道做人吗？”

我平心静气的对他说：“五千年的老祖宗，当然也有知道做人的。但就绝大多数的老祖宗说来，他们在许多方面实在够不上做我们‘做人’的榜样。举一类很浅的例子来说罢。女人裹小足，裹到骨头折断，这是全世界的野蛮民族都没有的惨酷风俗。然而我们的老祖宗居然行了一千多年。大圣大贤，两位程夫子没有抗议过，朱夫子也没有抗议过，王阳明、文文山也没有抗议过。这难道是做人的好榜样？”

他似乎很生气，但也不能反驳我。他只能骂现存中国的教育，说“都是亡国的教育”；他又说，现在中国人学的科学，都是皮毛，都没有“本”，所以都学不到人家的科学精神，所以都不能创造。在这一点上，我不能不老实告诉他：他实在不知道中国这二十年中的科学工作。我告诉他：现在中国的科学家也有很能做有价值的贡献的了，并且这些第一流的科学家又都有很高明的道德。他问：“有些什么人？”

我随口举出了数学家的姜蒋佐，地质学家的翁文瀚。李四光，生物学家的秉志，——都是他不认识的。

关于读经的问题，我也很老实的对他说：我并不反对古经典的研究，但我不能赞成一班不懂得古书的人们假借经典来做复古的运动。“这回我在中山大学的讲演题目本来是两天都讲‘儒与孔子’，这也是古经典的一种研究。昨天他们写信到香港，要我一次讲完，第二次另讲一个文学的题目。我想读经问题正是广东人眼前最注意的问题，所以我告诉中山大学吴院长，第二题何不就改作‘怎样读经？’我可以同这里的少年人谈谈怎样研究古经典的方法。’我说这话时，陈济棠先生回过头去望着陈达材，脸上做出一种很难看的狞笑。我当作不看见，仍旧谈下去。但我现在完全明白是谁不愿意我在广州“卖膏药”了！

以上记的，是我那天谈话的大概神情。旁听的只有陈达材先生一位。出门的时候，达材说，陈伯南不是不能听人忠告的，他相信我的话可以发生好影响。我是相信天下没有白费的努力的，但对达材的乐观我却不免怀疑。这种久握大权的人，从来没有人敢对他们说一句逆耳之言，天天只听得先意承志的阿谀谄媚，如何听得进我的老实话呢？

在这里我要更正一个很流行的传说。在十天之后，我在广西遇见一位从广州去的朋友，他说，广州盛传胡适之对陈伯南说：“岳武穆曾说，‘文官不要钱，武官不怕死，天下太平矣。’我们此时应该倒过来说，‘武官不要钱，文人不怕死；天下太平矣。’”——这句话确实是我在香港对胡汉民先生说的。我在广州，朋友问我见过胡展堂没有，我总提到这段谈话。那天见陈济棠先生时，我是否曾提到这句话，我现在记不清了。大概广州人的一般心理，觉得这句话是我应该对陈济棠将军说的，所以不久外间就有了这种传说。

我们从总司令部出来，回到新亚酒店，罗钧任先生，但怒刚先生，刘毅夫（沛泉）先生，罗努生先生，黄深微（骚）先生，陈荣捷先生，都在那里。中山大学文学院长吴康先生又送了一封信来，说：

> 鄙意留省以勿演讲为妙。党部方面空气不佳，发生纠纷，反为不妙，邹先生云，昨为党部高级人员包围，渠无法解释。故中大演讲只好布告作罢。渠云，个人极推重先生，故前布告学生停课出席听先生讲演。唯事已至此，只好向先生道歉，并劝先生离省，冀免发生纠纷。
>
> 一月九日午前十一时

邹校长的为难，我当然能谅解。中山大学学生的两天放假没有成为事实，我却可以得着四天的假期，岂不是意外的奇遇？所以我和陈荣捷先生商量，爽性把岭南大学和其他几处的讲演都停止了，让我痛痛快快地玩两天。我本来买了来回船票，预备赶十六日的塔虎脱总统船北回，所以只预备在广州四天，在梧州一天。现在我和西南航空公司刘毅夫先生商量，决定在广州只玩两天，又把船期改到十八日的麦荆尼总统船，前后多出四天，坐飞机又可以省出三天，我有七天可以飞游南宁和柳州、桂林了。罗钧任先生本想游览桂林山水，他到了南宁，因为他的哥哥端甫先生（文庄）死了，他半途折回广州。他和罗努生先生都愿意陪我游桂林，我先去梧州讲演，钧任等到十三日端甫开吊事完，飞到南宁会齐，同去游柳州、桂林。我们商量定了，我很高兴，就同陈荣捷先生坐小汽船过河到岭南大学钟荣光校长家吃午饭去了。

那天下午五点，我到岭南大学的教职员茶会。那天天气很热，茶会就在校中的一块草地上，大家团坐吃茶点谈天。岭南的学生知道了，就有许多学生来旁观。人越来越多，就把茶会的人包围住了。起先他们只在外面看着，后来有一个学生走过来对我说："胡先生肯不肯在我的小册子上写几个字。"我说可以，他就摸出一本小册子来请我题字。这个端一开，外面的学生就拥进茶会的团坐圈子里来了。人人都拿着小册子和自来水笔，我写的手都酸了。天渐黑下来了。草地上蚊子多得很，我的薄袜子抵挡不住，我一面写字，一面运动两只脚，想赶开蚊子。后来陈荣捷先生把我拉走，我上车时，两只脚背都肿了好几块。

晚上黄深微先生和他的夫人邀我到他们家中去住，我因为旅馆里来客大多，就搬到东山，住在他们家里。十点钟以后，报馆里有人送来明天新闻的校样，才知道中山大学邹鲁校长今天出了这样一张布告：

国立中山大学布告第七十九号

为布告事。前定本星期四五下午二时请胡适演讲。业经布告在案。现阅香港《华字日报》。胡适此次南来接受香港大学博士学位之后。在港华侨教育会所发表之言论。竟谓香港最高教育当局，也想改进中国的文化。又谓各位应该把他做成南方的文化中心。复谓广东自古为中国的“殖民地”等语。此等言论。在中国国家立场言之。胡适为认人作父。在广东人民地位言之。胡适竟以吾粤为生番蛮族。实失学者态度。应即停止其在本校演讲。合行布告。仰各学院各附校员生一体知照。届时照常上课为要。此布。

校长 邹鲁

中华民国二十四年一月九日

这个布告使我不能不佩服邹鲁先生的聪明过人。早晨的各报记载八日下午西南政务会议席上讨论的胡适的罪过，明明是反对广东的读经政策。现在这一桩罪名完全不提起了，我的罪名变成了“认人作父”和“以吾粤为生番蛮族”两项！广州的当局大概也知道“反对读经”的罪名是不够引起广东人的同情的，也许多数人的同情反在我的一边。况且读经是武人的主张，——这是陈济棠先生亲口告诉我的——如果用“反对读经”做我的罪名，这就成了陈济棠反对胡适了。所以奉行武人意旨的人们必须避免这个真罪名，必须向我的华侨教育会演说里去另寻找我的罪名，恰好我的演说里有这么一段：

> 我觉得一个地方的文化传到他的殖民地或边境，本地方已经变了，而过境或殖民地仍是保留着老祖宗的遗物。广东自古是中国的“殖民地”，中原的文化许多都变了，而在广东尚留着。像现在的广东音是最古的，我现在说的话才是新的。（用各报笔记，大致无大错误。）

假使一个无知苦力听了这话忽然大生气，我一定不觉得奇怪。但是一位国立大学校长，或是一位国立大学的中国文学系主任居然听不懂这一段话，居然大生气，说我是骂他们“为生番蛮族”，这未免有点奇怪罢。

我自己当然很高兴，因为我的反对读经现在居然不算是我的罪状了，这总算是一大进步。孟子说的好，“乃孔子则欲以微罪行，不欲为苟去。’邹鲁先生们受了读经的训练，硬要我学孔子的“做人”，要我“以微罪行”，我当然是很感谢的。

但九日的广州各报记载是无法追改的，九日从广州电传到海内外各地的消息也是无法追改的。广州诸公终不甘心让我蒙“反对读经”的恶名，所以一月十四日的香港英文《南华晨报》上登出了中山大学教授兼广州《民国日报》总主笔梁民志的一封英文来函，说：

> 我盼望能借贵报转告说英国话的公众，胡适博士在广州所受冷淡的待遇，并非因为（如贵报所记）他批评广州政府恢复学校读经课程，其实完全因为他在一个香港教员聚会席上说了一些对广东人民很侮辱又“非中国的”批评。我确信任何人对于广州政府的教育政策如提出积极的批评，广州当局诸公总是很乐意听受的。

我现在把梁教授这封信全译在这里，也许可以帮助广州当局诸公多解除一点同样的误解。

我的膏药卖不成了，我就充分利用那两天半的时间去游览广州的地方。黄花岗，观音山，鱼珠炮台，石牌的中山大学新校舍，禅宗六祖的六榕寺，六百年前的五层楼的镇海楼，中山纪念塔，中山纪念大礼堂，都游遍了。中山纪念塔是亡友吕彦直先生（康南尔大学同学）设计的，图案简单而雄浑，为彦直生平最成功的建筑，远胜于中山陵的图案。黄花岗七十二烈士（中有亡友饶可权先生）墓是二十年前的新建筑，中西杂凑，全不谐和，墓项中间一个小小的自由神石像，全仿纽约港的自由神大像，尤不相衬。我们看了民元的黄花岗，再看吕彦直设计的中山纪念塔，可以知道这二十年中国新建筑学的大进步了。

我在中山纪念塔下游览时，忽然想起学海堂和广雅书院，想去看看这两个有名学府的遗迹。同游的陈达材先生说，广雅书院现在用作第一中学的校址，很容易去参观。我们坐汽车到一中，门口的警察问我们要名片，达材给了他一张名片。我们走进去，路上遇着一中的校长，达材给我们介绍，校长就引我们去参观。东边有荷花池，池后有小亭，亭上有张之洞的浮雕石像，刻的很工致。我们正在赏玩，不知如何被校中学生知道了，那时正是十二点一刻，餐堂里的学生纷纷跑出来看，一会儿荷花池的四围都是学生了。我们过桥时，有个学生拿着照相机走过来问我："胡先生可以让我照相吗？"我笑着立定，让他照了一张相。这时候，学生从各方面围拢来，跟着我们走，有些学生跑到前面路上去等候我们走过。校长说："这里一千三百学生，他们晓得胡先生来，都要看着你。"我很想赶快离开此地。校长说："这里是东斋，因为老房屋有些坏了的，所以全拆了重盖新式斋舍。那边是西斋，还保存着广雅书院斋舍的原样子，不可以不去看。"我只好跟他走，走到西斋，西斋的学生也知道我来了，也都跑来看我们。七八百个少年人围着我们，跟着我们，大家都不说话，但他们脸上的神气都很使我感动。校墙上有石刻的广雅书院学规，我站住读了几条，回头看时，后面学生都纷纷挤上来围着我们，我们几乎走不开了。我们匆匆出来，许多学生跟着校长一直送我们到校门口。我们上了汽车，我对同游的两位朋友说："广州的武人政客未免太笨了。我若在广州演讲，大家也许来看热闹，也许来看着胡适之是什么样子；我说的话，他们也许可以懂得五六成；人看见了，话听完了，大家散了，也就完了。演讲的影响不过如此。可是我的不演讲，影响反大的多了。因为广州的少年人都不能不想想为什么胡适之在广州不演讲。我的最大辩才至多只能使他们想想一两个问题，我不讲演却可以使他们想想无数的问题。陈伯南先生真是替胡适之宣传他的'不言之教'了！"

我在广州玩了两天半，一月十一日下午，我和刘毅夫先生同坐西南航空公司"长庚"机离开广州了。

我走后的第二天，广州各报登出了中山大学中国文学系教授古直，钟应梅，李沧萍三位先生的两个"真电"，全文如下：

一、广州分送西南政务委员会，陈总司令，林主席，省党部，林宪兵司令，何公安局长勋鉴，昔颜介庾信，北陷虏廷，尚有乡关之重，今胡适南履故土，反发盗憎之论，在道德为无处，在法律为乱贼矣，又况指广东为殖民，置公等于何地，虽立正典刑，如孔子之诛少正卯可也，何乃令其逍遥法外，造谣惑众，为侵掠主义张目哉，今闻尚未出境，请即电令截回，径付执宪，庶几乱臣贼子，稍知警悚矣，否则老口北返，将笑广东为无人也。国立中山大学中文系主任古直、教员李沧萍、钟应梅，等叩，真辰。二、探送梧州南宁李总司令，白副总司令，黄主席，马校长勋鉴（前段与上电同略），今闻将入贵境，请即电令所在截留，径付执宪，庶几乱臣贼予，稍知警悚矣，否则公方剿灭，明职教战，而反客受刘豫、张邦昌一流人物以自玷，天下其谓公何。心所谓危，不敢不告。国立中山大学中文系主任古直、教员李沧萍、钟应梅叩，真午。

电文中列名的李沧萍先生，事前并未与闻，事后曾发表谈话否认列名真电。所以一月十六日中山大学日报上登出《古直、钟应梅启事》，其文如次：

胡适出言侮辱宗国。侮辱广东三千万人。中山大学布告驱之。定其罪名为认人作父。夫认人作父。此贼子也。刑罚不加。直等以为遗憾。真日代电。所以义形于色矣。李沧萍教授同此慷慨。是以分之以义。其实未尝与闻。今知其为北大出身也。则直等过矣。呜呼道真之妒。昔人所叹。自今以往。吾犹敢高谈教育救国乎。先民有言。丈夫行事当磊磊落落。特此相明。不欺其心。谨启。

古直钟应梅启

这三篇很有趣的文字大可以做我的广州杂忆的尾声了。

三、广西

我们一月十一日下午飞到梧州了，在梧州住了一夜，我在广西大学讲演一次，次日在梧州中山纪念堂公开讲演一次。广西大学校长马君武先生是我的老师，校中教职员有许多是中国公学的老朋友，所以我在梧州住的一天是最快乐的。大学在梧州的对岸，中间是抚河（漓水），南面是西江。我们到的太晚了，晚上讲演完后，在老同学谢厚藩先生的家里喝茶大一谈，夜深过江，十二日讲演完后，吃了饭就上飞机飞南宁了，始终没有机会参观西大的校舍与设备，这就是用嘴不能用眼的害处了。

十二日下午到南宁（邕宁），见着白健生先生，潘宜之先生，邱毅吾（昌渭）先生等，都是熟人。住在乐群社，是一个新式的俱乐部，设备很好。梧州与南宁都有自来水，内地省份有两个有自来水的城市，是很难得的。白先生力劝我改船期，在广西多玩几天。我因为我的朋友贵县罗尔纲先生的夫人和儿女在香港等候我伴送他们北上，不便改期。十四日罗钧任和罗努生如约到了南宁，白健生先生又托他们力劝。白先生说，他可以实行古直先生们的“真电”，封锁水陆空的交通，把我扣留在广西！后来我托省政府打电报请广西省银行的香港办事处把我和罗太太一家的船票都改了二十六日的胡佛总统船。这样一改，我在广西还可住十二天，尽够畅游桂林山水了。

我在南宁住了六天，中间和罗努生到武鸣游了一天。钧任飞去龙州玩了一天，回来极口称美龙州的山水，可惜我不曾去。我在晋宁讲演了五次。十九日飞往柳州，住在航空署，见着广西航空界的一般青年领袖。钧任、努生和我在柳州游览了半天，公开讲演一次。二十日上午飞往桂林，在桂林讲演了两次，游览了两天，把桂林附近的名胜大致游遍了。二十二日上午，我和钧任、努生、毅夫，桂林县公署的秘书曹先生，飞机师赵志雄、冯星航两先生，雇了船去游阳朔。在漓水里走了一天半，二十三日下午才到阳朔。在阳朔游览了小半天，我坐汽车赶到良丰的省立师范专科学校讲演一次。讲演后坐汽车赶回桂林，已近半夜了。

二十四日早晨从桂林起飞，本想直飞梧州，在梧州吃午饭，毅夫夫妇约了在广州北面的从化温泉吃晚饭。但那天雾太低了，我们飞过了良丰，还没到阳朔，看前面云雾低压，漓水的河身不宽而两傍山高，所以飞机师赵先生决定折回向西，飞到柳州吃午饭，饭后顺着柳江浔江飞往梧州，在梧州吃夜饭，打电报到广州去报告那些在从化等我们吃夜饭的朋友们。在梧州住了一夜，二十五日从梧州飞回广州，赶上火车，晚上赶到香港。我们在梧州打电报问明胡佛船是二十六日早晨四点钟就要开的，前一天的大雾几乎使我又赶脱了船期！

这是我在广西的行程。以下先记广西的山水。

广西的山水是一种特异的山水，南宋大诗人范成大在他的《桂海虞衡志》里说的最好：

> 余尝评桂山之奇直为天下第一。士大夫落南者少，往往不知；而闻者亦不能信。余生东吴，而北抚辽蓟，南宅交广，西使岷峨之下，三方皆走万里，所至无不登览。……其最号奇秀莫如池之九华，歙之黄山，括之仙都，温之雁荡，夔之巫峡，此天下同称之者。然皆数峰而止耳，又在荒绝僻远之濒，非几杖间可得；且所以能拔乎其革者，必因重冈复岭之势，盘亘而起，其发也有自来。桂之千峰，皆旁无延缘，悉自平地崛然特立，玉笋瑶篸，森列无际。其怪且多如此，诚当为天下第一。……山皆中空，故峰下多佳岩洞。

范氏指出两点特色：第一是诸峰“悉自平地崛然特立，玉笋瑶篸森列无际”。第二是“山皆中空，故峰下多佳岩洞”。这两点都是广西山水的特色。这样“怪而多”的山都是石灰岩，和太湖石是同类；范石潮所指出的“山多中空，故多佳岩洞”，也正和太湖石的玲城孔窍同一个道理。在飞机上望下去，只看见一簇一簇的圆锥体黑山，街也似的矗立着，密密的排列着，使我们不能不想着一千多年前柳宗元说的名句：“桂州多灵山，发地峭竖，林立四野。”这种山峰并不限于桂林，广西全省有许多地方都有这种现象。我们在飞机上望见贵县的南山诸峰，也是这样的。武鸣的四围诸山，也是这一类。我们所游的柳州诸山，还有我们不曾去游的柳州北面融县真仙岩一带的山岩，也都和桂林、阳朔同一种类。地质学者说，这种山岩并不限于广西一省，贵州的山也属于这一类。翁文灏先生说，这种山岩，地质学家称为“喀尔斯特”山岩，在世界上，别处也有，但广西、贵州要算全世界最大的统系了。

徐霞客记广西的山水岩洞最详细，他在广西游了一年，——从崇祯丁丑（一六三七）闰四月初八到次年三月二十七，——写游记凡八万字，即丁文江标点本（商务印书馆出版，附地图）卷四至卷七。这是三百年前的游记，我们现在读了还不能不佩服那一位千古奇人脚力之健，精力之强，眼力之深刻，与笔力之细致。我们要知道广西岩洞的奇崛与壮美，不可不读徐霞客的游记；未游者固然应该读，已游者也不可不读。因为三百年来，还没有第二个人有这样伟大的好奇心，费这样长久的时间，专搜访自然的奇迹，作那么详细的记载。他所游的，往往有志书所不载，古今人所不知，或古人偶知而久无人到又被丛莽封塞了的。所以读过徐霞客粤西游记的人，真不能不感觉我们坐汽车匆匆游山的人真不配写游记：不但我们到的地方远不如他访搜所得的地方之多，我们到过的地方，所看见的，所注意到的，也都没有他在三百年前攀藤摩拳所得的多而且详尽。

凡听说桂林山水的，无人不知道桂林的独秀峰。图画上的桂林山水，也只有独秀峰最出名。徐霞客游遍了广西的山水，只不曾登独秀峰，因为独秀峰在桂林城中，圈在靖江王府里，须先得靖江王的许可，外人始得登览。徐霞客运动王府里的和尚代为请求，从五月初四日直到六月初一日，始终不得许可，他大失望而去。游记中屡记此事，最后记云：

> 五月二十九日，入靖藩城，订独秀期，主僧词甚迂缓。予初拟再至省一登独秀，即往柳州。至此失望，怅怅。
>
> 六月初一日，讹传流寇薄衡水，藩城愈戒严，予连无意登独秀。独秀山北面临池，西南二麓予俱已绕其下，西岩亦已再探，唯东麓与绝顶未登。其他异于他峰者，只亭阁耳。

独秀峰现在人人可以登临了。其实此峰是桂林清峰中的最低小的，高不过一百多尺！有石级可以从山脚盘旋直上山顶，凡三百六十级，其低可想！此峰所以独享大名，也有理由。徐霞客已说过“其异于他峰者，只亭阁耳”，现时山腰与山顶尚有小亭台可供游人休想，是一胜。此山在城中，登山可望全城和四围山水，是二胜。诸峰多是石山，无大树木，独秀峰上稍有树木，是三胜。桂林造大山以岩洞见奇，然而岩洞都是可游而不可入画的；独秀峰无岩洞，而娇小葱茏，有小亭阁，最便于绘画，故画家多喜画独秀，是四胜。有此四胜，就使此峰得大名！徐霞客两度到桂林，终以不得登独秀峰为憾事。我们在飞机上下望桂林附近的无数石山，几乎看不见那座小小的石丘，颇笑徐霞客的失望为大不值得！

徐霞客最称赏柳州北面融县的真他岩，《游记》中有“真仙为天下第一”之语。可惜真仙岩我们没有去；我们游的岩洞，最大的是桂林七星山的岩洞，这岩洞一口为栖霞洞，一口为曾公岩。徐霞客从栖霞洞进去，从曾公岩出来，依他的估计，“自栖霞达曾公岩，径约二里；复自岩口出入盘旋三里。”我们从曾公岩进去，从栖霞出来，共费时五十五分钟。向导的乡人手拿火把（用纸浸煤油，插入长竹筒的一头），处处演说洞里石乳滴成的种种奇异形状：“这是仙人棋盘，那是仙人种田，那是金钟对玉鼓，这是狮子对乌龟，那是摩天岭，这是观音菩萨，那是骊山老母，……”

那位领头用很清楚的桂林话一一指给我们看，说给我们听，真如数家珍。洞中有一股泉水，有些地方水声很大。洞中石乳确有许多很奇伟的形态。我们带有手电筒。又有两三盏手提汽油灯，故看得比较清楚。洞中各处皆被油烟熏黑，石壁石乳，手偶摩抚，都是煤黑。徐霞客记他来游时，向导者用松明照路。千百年中，游人用的松明烟与煤油烟，把洞壁都熏黑了。其实这种岩洞大可以装设电灯，可使洞中景物都更便于赏观，行路的人可以没有颠跌的危险，也可以免除油烟熏塞的气闷。向来做向导的村人，可以稍加训练，雇作看洞和导游的人，而规定入门费与向导费。如此则游人不以游洞为苦。若如现状，则洞中幽暗，游人非多人结伴不敢进来，来者又必须靠向导，人太少又出不起这笔杂费。

曾公岩是因曾布得名。曾布在元丰初年以龙图阁待制出外，知桂州。他是一个有文学训练的政治家，在桂时，游览各岩洞，到处都有他的刻石题名，不止此一处。

七星山的岩洞，据徐霞客的几次探访搜寻，共有十五洞，他说：

> 此山岩洞骈峙：栖霞在北，下透山之东西，七星在中，曲透西北出：碧虚岩在南，以东西上透。三穴并悬，六门各异。北又有“朝雪”“高峙”两岩，皆西向。此七星山西面之洞也，洞凡五。……曾公岩西又有洞在峰半，攀莽上，洞口亦东南向。……此处岩洞骄峙者亦三。曾公岩北下同列者又有二岩。……

此七星山东南之洞也，洞凡五。

若北麓省春三岩，会仙一岩，旁又浅洞一，则七星北面之洞也，洞凡五。一山凡得十五洞云。

我们所游，其实只是十五洞之一！我们在洞里，固是迷不知西东，出了岩洞，还是杳不知南北。看徐霞客连日攀登，遍游诸洞，又综合记叙，条理井然，我们真不能不惭愧了！

七星山的对面就是龙隐岩，在月牙山的背后，洞的外口临江，水打沙进洞，堆积颇高，故岩上石刻题名有许多已被沙埋没了。龙隐岩很通敞，风景很美。岩外摩崖石刻甚多，有狄青等《平蛮三将题名碑》，字迹完好。

龙隐岩往西，不甚远，有小屋，我们敲门过去，有道士住在里面。此屋无后墙，靠山崖架屋，崖上石刻题记甚多，那最有名的《元祐党籍碑》即在此屋后。我久想见此碑，今日始偿此愿。元祐党籍立于徽宗崇宁元年（1102），最初只有九十八人，那是真正元祐反新法的领袖人物。徽宗皇帝亲写党籍，刻于端礼门；后来又令御史台抄录元祐党籍姓名“下外路州军，于监司门吏厅，立石刊记”。到崇宁三年（1104）六月，又把元符末（1100）和建中靖国（1101）年间的“奸党”和“上书低讥”诸人一齐“通入元祐籍，更不分三等”（三等是原分“邪上尤甚”“邪上”“邪中”各等）。这个新合并的党籍，共有三百九人，刻石朝堂。此碑到崇宁五年正月，因彗星出现，徽宗下诏毁碑，“如外处有好党石刻，亦令除毁”。除毁之后，各地即无有此碑石刻。现今只有广西有两处摩崖刻本，一本在融县的真仙岩，刻于嘉定辛未（1211）；一本即是桂林龙隐岩附近的摩崖，刻于庆元戊午（1198）；这两本都是南宋翻刻的。桂林此本乃是用蔡京写刻拓本翻刻，故字迹秀挺可爱。两本都是三百九十人，已不是真正元祐党籍了，其中如章停，曾布，陆佃等人，都是王安石新法时代的领袖人物，后来时势翻覆，也都列名好党籍内，和司马光、吕公著诸人做了同榜！

广西的岩洞内外，有唐宋元明的名人石刻甚多。石灰岩坚固耐久，历千百年尚多保存很完整的。如舜山的摩崖《舜庙碑》，是唐建中元年韩云卿所立，距今已一千一百五十五年了。

又如我们从栖霞洞下山，路旁崖上有范成大题名，又有张孝梓题名，这都是南宋大文人，现在都在路旁茅草里，没有人注意。此类古代名人题记，往往可供历史考据，其手书石刻更可供考证字画题跋者的参考比较。广西现有博物馆，设在南宁。我们盼望馆中诸公能作系统的搜访，将各地的古石刻都拓印编纂，将来可以编成一部“广西石刻文字”，其中必有不少历史的材料。

舜山有洞，名韶音洞，虽不甚深，而风景清幽，洞中有张栻（南轩）的《韶音洞记》石刻，字小，已不能全读了。洞前有庙，我们登楼小坐，前有清流，远望桂林诸山，在晚照中气象很雄伟。

城中人士常游的为象鼻山，伏彼山，独秀峰，风洞山。其中以风洞山的风景为最胜。风洞山有北辅洞，虽曲折而多开敞之处，空气流通，多凉风，故名风凉，有小亭阁，下瞰江水，夏日多游人在此吃茶乘凉。

广西人说："桂林山水甲天下，阳朔山水甲桂林。"我们游了桂林，决定坐船去游阳朔。一路上饱看漓水（抚河）的山水，但是因为我要赶香港船期，所以到了阳朔，只有几个钟头可以游览了。在小雨里，我们坐汽车到青厄渡，过渡后，下车泛览阳朔诸峰，仅仅能看一个大概。阳朔诸山也都是石山，重重叠叠，有作牛角双尖的，有似绝大石柱上半截被打断了的，有似大礼拜寺的，有似大石龟昂头向天的。远望去，重峰列岫，行列凌乱，在轻烟笼罩中，气象确是很奇伟。桂林诸山稍稍分散，阳朔诸山紧凑在江上；桂林诸山都无树木，此间颇有几处山上有大树木，故比较更秀丽。

但我们实在有点辜负了阳朔的山水，我们把时间用在船上了，到了这里只能坐汽车看山，未免使山水笑人。大概我们误会了"阳朔山水必须用船去游"的意思。我后来看徐霞客的游记，始知阳朔诸山都可以用船去细细游览。我们若再来，可以坐汽车到阳朔，然后雇船去从容游山。阳朔诸山也多洞岩，徐霞客所记龙洞岩，珠明洞，朱仙洞，都令人神往；其中珠明洞凡有八门，最奇伟。我们没有攀登一处的岩洞，颇失望。

但我们这回坐船游阳朔，也有很好的收获。徐霞客游记里没有提到“光岩”，我们却有半夜游光岩的豪举。光岩是刘毅夫先生前年发现的，所以他力劝我们坐船游阳朔，一半也是为了要游光岩。船到光岩时，已半夜了，我们都睡了。毅夫先生上岸去，先雇竹筏进去探看，出来时他把竹筏火把都准备好了，然后把我们都从睡梦里轰起来，跟他去游洞。光岩口洞临江，洞甚空敞，洞里石乳甚多而奇，有明朝游人石刻甚多。毅夫前年曾探此洞，偶见洞后水面上还有小洞，洞口很低，离水面不过两三尺；毅夫想出法子来，用竹排子撑进去探险，须全身弯倒始能进去。进去后，他发现里面还有很奇的岩洞，为向来游人所未曾到过。所以他很高兴，在第一洞石壁上题字指示游人深入探奇。今夜他带领我们进洞口，石壁上他的墨笔题记还如新的。我们一班人分坐三个竹排子，排子上平铺着大火把，大家低头弯腰，进入第二洞。里面共有三层大洞，都很高大，有种种奇形的石乳。最后一洞内有石乳作荷藕形，凡八九节，须节都全，绝像真藕，每一洞内都有沙涨成滩，都是江水打进来的。每过一洞口，都须低头用手攀住上面岩石，有时撑排的人都下水去用手推竹排子。第二洞以后，石壁上全无前人题刻，大概古人都不知有这些幽境。毅夫为游此洞，在桂林特别买了一个价值十七元的大电筒，每进一洞，他用大电筒指示各种石乳给我们看。他说，最后一洞的顶上有三个小洞透入光线，也许“光岩”之名是从那里来的。晚间我们当然看不见那三处透光的小洞。但我想里洞既非前人所熟知，光岩之名未必起于这透光的小孔，大概因前洞高敞透明，故得光岩之名。此洞之发现，毅夫之功最多，最后一洞大可以题作“沛泉洞”（毅夫名沛泉）。毅夫说，此洞颇像浙西金华的双龙洞。

徐霞客记他从阳朔回桂林的途中，“舟过水绿村北七里，西岸一岩，门甚高敞，东向临江，前垂石成龙，曰蛟头岩”，其他在兴平之南约三里，不知即是光岩否。

漓水的一日半旅程，还有一件事足记。船上有桂林女子能唱柳州山歌，我用铅笔记下来，有听不明白的字句，请同行的桂林县署曹文泉科长给我解释。我记了三十多首，其中有些是绝妙的民歌。我抄几首最可爱的在这里：

燕子飞高又飞低，两脚落地口衔泥。
我俩一人先讲过，贫穷落难莫分离。

石榴开花叶子青，哥哥年大妹年轻。
妹子年轻不懂事，哥哥拿去耐烦心。

大海中间一枝梅，根稳不怕水来推。
我们连双先讲过，莫怕旁人说是非。

如今世界好不难！井水不挑不得干。
竹子搭桥哥也过，妹妹跌死也心甘。

高山高岭一根藤，藤上开花十九层。
你要看花尽你看，你要摘花万不能。

要吃街子三月三，要吃甜藕等塘子。
要吃大鱼长放线，想连小妹耐得烦。

买米要买一斩白，连双要连好脚色。
十字街头背锁链，旁人取笑也抵得。

妹莫愁来妹莫愁，还有好日在后头。
金盆打水妹洗脸，象牙梳子妹梳头。

大塘干了十六年，荷叶烂了藕也甜。
刀切藕断丝不断，同心转意在来年。

我们在柳州的时间太短，只游了几次名胜之地。柳州城三面是江，我们在飞机上看柳江从西北来，绕城一周，往东北去。空中望那有名的立鱼山，真有点像个立鱼。那天下午，我们去游立鱼山，有岩洞很玲珑，我们匆匆不曾遍游。傍晚我们去游罗地柳宗元祠堂，有苏东坡写的韩退之《罗池庙碑》的迎享送神辞大字石刻。退之原辞石刻有“春与猿吟兮秋鹤与飞”一句，颇引起后人讨论。今东坡写本此句直作“春与猿吟兮秋与鹤飞”，此当是东坡从欧阳永叔之说，以

"秋鹤与飞"为石刻之误，故改正了。石刻原碑也往往可以有错误，其误多由于写碑者的不谨慎。《罗池庙碑》原刻本有误字后经刊正，见于《陈雅堂韩集校语》。后人据石本，硬指"秋鹤与飞"为有意作倒装语，似未必是退之本意。

我们从阳朔回桂林时，路上经过良丰的师范专科学校，我在那边讲演一次。其地原名雁山，也是一座石山，岩壑甚美。清咸丰、同治之间，桂林人唐岳买山筑墙，把整个雁山围在园里，名为雁山园。后来园归岑春煌，岑又转送给省政府，今称为西林公园，用作师专校址。现有学生二百三十人。我们到时，天已黑了；讲演完始吃晚饭，晚饭后，校长罗尔棻先生和各位教员陪我们携汽油灯游雁山。岩洞颇大，中有泉水，流出岩外成小湖。洞中多凉风，夏间乘凉最宜。洞中多石乳，洞口上方有石乳所成龙骨形，颇奇突。园中有花树三千种，屡次驻兵，花树多荒死，现只存几百种了。有绿草梅，正开花，灯光下奇艳逼人。校中诸君又引我们去看红豆树，树高约两丈余。教员沈君说，这株红豆树往往三年才结子一次。沈君藏有红豆，拿来遍赠我们几个同游的人。红豆大于檀香山的相思子约一倍，生在豆荚里，荚长约一寸半。

游岩洞时，我问此岩何名，他们说，"向来没有岩名，胡先生何不为此岩取一个名字，作个纪念？"我笑说，"此去不远有条相思江，岩下又有相思红豆树，何不就叫他做相思岩？"他们都赞许这个名字。次日我在飞机上想起这个相思岩来，就戏仿前夜听得的山歌，作小诗寄题《相思岩》：

相思江上相思岩。
相思岩下相思豆。
三年结子不嫌迟。
一夜相思叫人瘦。

这究竟是文人的山歌，远不如小儿女唱的道地山歌的朴素而新鲜。

那天我在空中又作了一首小诗，题为《飞行小赞》：

看尽柳州山，
看遍桂林山水，
天上不须半日，
地上五千里。
古人辛苦学神仙，
要守百千戒。
看我不修不炼，
也凌云无碍。

四、广西的印象

这一年中，游历广西的人发表的记载和言论都很多，都很赞美广西的建设成绩。例如美国传教家艾迪博士（Shet wood Eddy）用英文发表短文说，“中国各省之中，只有广西一省可以称为近于模范省。凡爱国而具有国家的眼光的中国人，必然感觉广西是他们的光荣。”这是很倾倒的赞语。艾迪是一个见闻颇广的人，他虽是传教家，颇能欣赏苏俄的建设成绩，可见他的公道。他说话也很不客气，他在广州作公开讲演，就很明白的赞美广西，而大骂广东政治的贪污。所以他对于广西的赞语是很诚心的。

我在广西住了近两星期，时间不算短了，只可惜广西的朋友要我缴纳特别加重的“买路钱”，——讲演的时间太多，观察的时间太少了，所以我的记载是简略的，我的印象也是浮泛的。

广西给我的第一个印象是全省没有迷信的，恋古的反动空气。广州城里所见的读经，祀孔，祀关岳，修寺，造塔，等等中世空气，在广西境内全没有了。当西南政务会议的把祀孔令送到南宁对，白健生先生笑对他的同僚说：“我们的孔庙早已移作别用了，我们要祀孔，还得造个新孔庙！”

广西全省的庙宇都移作别用了，神像大都打毁了。白健生先生有一天谈起他在桂林（旧省会）打毁城隍庙的故事，值得记在这里。桂林的城隍庙是最得人民崇信的。白健生先生毁庙的命令下来之后，地方人民开会推举了许多绅士去求白先生的老太太，请她劝阻她的儿子；他们说：“桂林的城隍庙最有灵应，若被毁了，地方人民必蒙其祸殃。”白老太太对她儿子说了，白先生来对各位绅士说：“你们不要怕，人民也不用害怕。我可以出一张告示贴在城隍庙墙上，声明如有灾殃，完全由我白崇禧一人承当，与人民无干。你们可以放心了吗？”绅士们满意了。告示贴出去了。毁庙要执行了。奉令的营长派一个连长去执行，连长叫排长去执行，排长不敢再往下推了，只好到庙里去烧香祷告，说明这是上命差遣，概不由己，祷告已毕，才敢动手打毁神像！省城隍庙尚且不免打毁，其他的庙宇更不能免了。

我们在广西各地旅行，没有看见什么地方有人烧香拜神的。人民都忙于做工，教育也比较普遍，神权的迷信当然不占重要地位了，庙宇里既没有神像，烧香的风气当然不能发达了。

在这个破除神权迷信的风气里，只有一个人享受一点特殊的优客。那个人就是总部参军季雨农先生。季先生是合肥人，能打拳，为人豪爽任侠；当民国十六年，张宗昌部下的兵攻合肥，他用乡兵守御县城甚久。李德邻先生带兵去解了合肥之围，他很赏识这个怪人，就要他跟去革命。季先生是有田地的富人，感于义气，就跟李德邻先生走了。后来李德邻、白健生两先生都很得他的力，所以他在广西很受敬礼。这位季参军颇敬礼神佛，他无事时爱游山水，凡有好山水岩洞之处，着道路不方便，他每每出钱雇人修路造桥。武鸣附近的起凤山亭屋就是他修复的。因为他信神佛，他每每在这种旧有神树的地方，叫人塑几个小小的神佛像，大都不过一尺来高的土偶，粗劣的好笑。他和我们去游览，每到一处有神像之处，他总立正鞠躬，同行的人笑着对我说："这都是季参军的菩萨！"听说柳州立鱼山上的小佛像也是季参军保护的菩萨。广西的神权是打倒了，只有一位安徽人保护之下，还留下了几十个小小的神像。

广西给我的第二个印象是俭朴的风气。一进了广西境内，到处都是所谓"灰布化"。学校的学生，教职员，校长；文武官吏，兵士，民团，都穿灰布的制服，戴灰布的帽子，穿有钮扣的黑布鞋子。这种灰布是本省出的，每套制服连帽子不过四元多钱。一年四季多可以穿，天气冷时，里面可加衬衣；更冷时可以穿灰布棉大衣。上至省主席总司令，下至中学生和普通兵士，一律都穿灰布制服，不同的只在军人绑腿，而文人不绑腿。这种制服的推行，可以省去服装上的绝大糜费。广西人的鞋子，尤可供全国的效法。中国鞋子的最大缺点在于鞋身太浅，又无钮扣，所以鞋子稍旧了，就太宽了，后跟收不紧，就不起步了。广西布鞋学女鞋的办法，加一条扣带，扣在一边，所以鞋子无论新旧，都是便于跑路爬山。

广西全省的对外贸易也有很大的入超。提倡俭朴，提倡用土货，都是挽救入超的最有效方法。在衣服的方面，全省的灰布化可以抵制多少洋布与呢绸的输入！在饮食嗜好方面，洋货用的也很少。吸纸烟的人很少，吸的也都是低价的烟卷，最高贵的是美丽牌。喝酒的也似乎不多，喝的多是本省土酒。有一天晚上，邕宁各学术团体请我吃西餐，——我在广西十四天，只有此一次吃西餐，——我看见侍者把啤酒斟在小葡萄酒杯里，席上三四十人，一瓶啤酒还倒不完，因为啤酒有汽，是斟不满杯的。终席只有一大瓶啤酒就可斟两三巡了。我心里暗笑广西人不懂怎样喝啤酒。后来我仍然问得上海啤酒在邕宁卖一元六角钱一瓶！我才明白这样珍贵的酒应该用小酒杯斟的了。我们在广西旅行，使我们更明白：提倡俭朴，提倡士货，都是积极救国的大事，不是细小的消极行为。

广西是一个贫穷的省份；不容易担负新式的建设。所以主持建设的领袖更应该注意到人民的经济负担的能力。即如教育，岂不是好事？但办教育的人和视学（督学）的人眼光一错，动机一错，注重之点若在堂皇的校舍，冬夏之操衣等等，那样的教育在内地就都可以害人扰民了。我们在邕宁、武鸣各地的乡间看见小学堂的学生差不多全是穿着极破烂的衣裤，脚下多是赤脚，仍有穿鞋，也是穿破烂的鞋子。固然广西的冬天不大冷，所以无窗户可遮风的破庙，也不妨用作校舍，赤脚更是平常的事。然而我们在邕宁的时候，稍有阴雨，也就使人觉得寒冷。（此地有“四时常是夏，一雨便成秋”的古话。）乡间小学生的褴褛赤脚，正可以表示广西办学的人的俭朴风气。我在巨宁乡间看的那个小学还是“广西普及国民基础教育研究院”的一个附属小学哩。广西教育厅长雷沛鸿先生正在进行全省普及教育的计划，请了几位专家在研究院里研究实行的步骤和国民基础教育的内容。他们的计划大旨是要做到全省每村至少有一个国民基础学校，要使八岁到十二岁的儿童都能受两年的基础教育。我看了那些破衣赤脚的小学生，很相信广西的普及教育是容易成功的。这种的学堂是广西人民负担得起的，这样的学生是能回到农村生活里去的。

广西给我的第三个印象是治安。广西全省现在只有十七团兵，连兵官共有两万人，可算是真能裁兵的了。但全省无盗匪，人民真能享治安的幸福。我们作长途旅行，半夜后在最荒凉的江岸边泊船，点起火把来游岩洞，惊起茅蓬里的贫民，但船家客人都不感觉一毫危险。汽车路上，有山坡之处，往往可见一个灰布少年，拿着枪杆，站在山上守卫。这不是军士，只是民团的团员在那儿担任守卫的。

广西本来颇多匪祸，全省岩洞最多，最容易窝藏盗匪。有人对我说，广西人从前种田的要背着枪下田，牧牛的要背着枪赶牛。近年盗匪肃清，最大原因在于政治清明，县长不敢不认真作事，民团的组织又能达到农村，保甲的制度可以实行，清乡的工作就容易了。人民的比较优秀分子又往往受过军事的训练，政府把旧式枪械发给兵团，人民有了组织，又有武器，所以有自卫的能力。广西诸领袖常说他们的“三自政策”——自卫，自给，自治。现在至少可以说是已做到了人民自卫的一层。我们所见的广西的治安，大部分是建筑在人民的自卫力之上的。

在这里，我可以连带提到广西给我的第四个印象，那就是武化的精神。我用“武化”一个名词，不是讥讽广西，实是颂扬广西。我的朋友傅益真先生曾说，“学西洋的文明不难，最难学的是西洋的野蛮。”他的意思是说，学西洋文化不难，学西洋的武化最难。我们中国人聪明才智足够使我们学会西洋的文明，但我们的传统的旧习惯，旧礼教，都使我们不能在短时期内学会西洋人的尚武风气。西洋民族所到的地方，个个国家都认识他们的武力的优越，然而那无数国家之中，只有一个日本学会了西洋的武化，其余的国家——从红海到太平洋——没有一个学会了这个最令人羡慕而又最不易学的方面。然而学不会西洋武化的国家，也没有工夫来好好的学习西洋的文化，因为他们没有自卫力，所以时时在救亡图存的危机中，文化的努力是不容易生效力的。

中国想学人家的武化（强兵），如今已不止六十年了，始终没有学到家。这是很容易解释的。中国本是一个受八股文人统治的国家，根本就有贱视武化的风气，所以当日倡办武备学堂和军官学校的大臣，绝不肯把他们自己的子弟送过去学武备。日本所以容易学会西洋的武化，正因为武士在封建的日本原是地位最高的一个阶级。在中国，尽管有歌颂绿林好汉的小说，当兵却是社会最贱视的职业，比做绿林强盗还低一级！在这种心理没有转变过来的时候，武化是学不会的。

在最近十年中，这种心理才有点转变了，转变的原因是颇复杂的：第一是新式教育渐渐收效了，“壮健”渐渐成为人们羡慕的对象了，运动场上的好汉也渐渐被社会崇拜了。第二是辛亥革命以来中央各省的政权往往落在军人手里，军人的地位抬高了。第三是民十四五年之间，革命军队有了主义的宣传，多有青年学生的热心参加，使青年人对于“革命军人”发生信仰与崇羡。第四是最近四年的国难，尤其是淞沪之战与长城之战，使青年人都感觉武装捍卫国家是一种最光荣的事业。—— 这里最后的两个原因，是上文所说的心理转变的最重要原因。军人的可羡慕，不在乎他们的地位之高成权威之大，而在乎他们的能为国家出死力，为主义出死力。这才是心理转变的真正起点。

可惜这种心理转变来的太缓，太晚，所以我们至今还不曾做到武化，还不曾做到民族国家的自卫力量。但在全国各省之中，广西一省似乎是个例外。我们在广西旅行，不能不感觉到广西人民的武化精神确是比别省人民高的多，普遍的多。这不仅仅是全省灰布制服给我们的印象，也不仅仅是民团制度给我们的印象。我想这里的原因，一部分是历史的，一部分是人为的。一是因为广西民族中有苗、猺、獞、狪、狑、猓猓（今日官书均改写“徭，童，同，令，果果”）诸原种，富有强悍的生活力，而受汉族柔弱文化的恶影响较少。（广西没有邹鲁校长和古直主任，所以我这句话是不会引起广西朋友的误会的。）一是因为太平天国的威风至今还存留在广西人的传说里。一是因为广西在近世史上颇有受民众崇拜的武将，如刘永福，冯子材之流，而没有特别出色的文人，所以民间还不曾有重文轻武的风气。一是因为在最近的革命战史上，广西的军队和他们的领袖曾立大功，得大名，这种荣誉至今还存在民间。一是因为最近十年中，全省虽然屡次经过大乱，收拾整顿的工作都是几个很有能力的军事领袖主持的，在全省人民的心目中，他们是很受崇敬的。—— 因为这种种原因，广西的武化，似乎比别省特别容易收效。我到邕宁的时候，还在“新年”时期，白健生先生邀我到公共体育场去看“舞狮子”的竞赛。狮子有九队，都是本地公务人员和商人组织的。舞狮子之外，还有各种武术比赛，参加的有不少的女学生，有打拳的，有舞刀的。利用“过年”来提倡尚武的精神，也是广西式的一种表示。至于民团训练的成绩是大家知道的……广西学校里的军事训练，施行比别省早，成绩也比别省好。在学校里，不但学生要受军训，校长教职员也要受军训，所以学校里的“次队长”的地位与权力往往比校长高的多。中央颁布的兵役法，至今未能实行，广西却已在实行了……广西征兵之法是预先在各地宣传国民服兵役的重要和光荣；由政府派定各区应抽出壮丁的比例，例如某村又壮了百人，应征二十分之一，村长（即小学校长，即后备队队长）即召集这一百壮了，问谁愿应征；若愿去者满五人，即已足额；若不足五人，即用抽签法决定谁先去应征。这次征来的新兵，我们在桂林遇见一些，都是很活泼高兴的少年，有进过中学一两年的，有高小毕业的。在那独秀峰最高亭子上的晚照里，我们看那些活泼可爱的灰布青年在那儿自由眺望，自由谈论，我们真不胜感叹国家民族争生存的一线希望是在这一辈武化青年的身上了！

广西给我的印象，大致是很好的。但是广西也有一些可以使我们代为焦虑的地方。

第一，财政的困难是很明显的。广西是个地瘠民贫的地方，担负那种种急送的新建设，是很吃力的。据第一回广西年鉴的报告，二十二年度的全省总收入五千万元之中，百分之三十五有零是“禁烟罚金”，这是烟土过境的税收。这种收入是不可靠的；将来贵州或不种烟了，或出境改道了，都可以大影响到广西省库的收入。同年总支出五千二百万元之中，百分之四十是军务费，这在一个贫瘠的省份是很可惊的数字。万一收入骤减了，这样巨大的军务费是不是能跟着大减呢？还是裁减建设经费呢？还是增加人民负担呢？

第二，历史的关系使广西处于一个颇为难的政治局势，成为所谓“西南”的一部分。这个政治局势，无论对内对外都是很为难的。我们深信李德邻、白健生先生的国家思想是很可以依赖的，他们也曾郑重宣言他们绝无用武力向省外发展的思想。但我们总觉得两广现在所处的局势，实在不能适应现时中国的国难局面。现在国人要求的是统一，而敌人所渴望的是我们的分裂。凡不能实心助成国家的统一的，总不免有为敌人所快意的嫌疑。况且这个独立的形势，使两广时时感觉有对内自保的必要，因此军备就不能减编，而军费就不能不扩张。这种事实，既非国家之福，又岂是两广自身之福吗？

第三，我们深信，凡有为的政治，——所谓建设——全靠得人与否。建设必须有专家的计划，与专家的执行。计划不得当，则伤财劳民而无所成。执行不得当，则虽有良法美意，终归于失败。广西的几位领袖的道德，操守，勤劳，都是我们绝对信任的。但我们观察广西的各种新建设，不能不感觉这里还缺乏一个专家的“智囊团”做设计的参谋本部；更缺乏无数多方面的科学人才做实行计划的工作人员。最有希望的事业似乎是兽医事业，这是因为主持的美国罗铎（Redier）先生是一位在菲律宾创办兽医事业多年并且有大成效的专家。我们看他带来的几位菲律宾专家助手，或在试种畜牧的草料，或在试验畜种，或在帮助训练工作人员，我们应该可以明白一种大规模的建设事业是需要大队专家的合作的，是需要精密的设备的，是需要长时期的研究与试验的，是需要训练多数的工作人员的。然而邕宁人士的议论已颇嫌罗铎的工作用钱太多了，费时太久了，用外国人太多了，太专断不受商量了。

“求治太急”的毛病，在政治上固然应该避免，在科学工艺的建设上格外应该避免。我在邕宁的公务人员的讲演会上，曾讲一次“元祐党人碑”，指出王荆公的有为未必全是，而司马温公诸人的主张无为未必全非。有为的政治有两个必要的条件：一是物质的条件，如交通等等；一是人才的条件，所谓人才，不仅是廉洁有操守的正人而已，还须要有权威的专家，能设计能执行的专家。这种条件若不具备，有为的政治是往往有错误或失败的危险的。

五、尾声

一月二十六日早晨，胡佛总统船开了。我在船上无事，读了但怒刚先生送我的一册粤讴。船上遇着何克之先生，下午我到他房里去闲谈。见他正在做黄花冈凭吊的诗。我一时高兴，就用我从粤讴里学来的广州话写了一首诗。后来到了上海，南京，我把这首诗写出请几位广东的朋友改正。改定本是这样的：

黄花冈

黄花冈上自由神，
手揸火把照乜人？
咪话火把唔够猛，
睇佢渠他吓倒大将军。

我题桂林良丰的《相思岩》山歌，已记在前面了，后来我的朋友寿生先生看见了这首山歌，他说它不合山歌的音节，不适宜于歌唱。他替我修改成这个样子：

相思江上相思岩，
相思豆地靠岩栽，
（他）三年结子不嫌晚，
（我）一夜相思也难挨。

寿生先生生长贵州，能唱山歌，这一支我也听他唱过，确是哀婉好听。我谢谢他的好意。

平绥路旅行小记

从7月3日到7月7日，我们几个朋友——金旬卿先生，金仲藩先生和他的儿子建午，任叔永先生和他的夫人陈衡哲女士，我和我的儿子思杜，共七人——走遍了平绥铁路的全线，来回共计一千六百公里。我们去的时候，一路上没有停留，一直到西头的包头站；在包头停了半天，回来的路上在绥远停了一天，大同停了大半天，张家口停了几个钟头。这是很匆匆的旅行，谈不到什么深刻的观察，只有一些初次的印象，写出来留作日后重游的资料。（去年七月，燕京大学顾颉刚、郑振铎、吴文藻、谢冰心诸先生组织了一个平绥路沿线旅行团，他们先后共费了六星期，游览的地方比我们多。冰心女士有几万字的《平绥沿线旅行记》；郑振铎先生等有《西北胜迹》，都是平绥路上游人不可少的读物。）

我们这一次同行的人都是康乃尔大学的旧同学，也可以说是一个康乃尔同学的旅行团。金旬卿（涛）先生是平绥路的总工程师，他是我们康乃尔同学中的前辈。现任的平绥路局长沈立孙（昌）先生也是康乃尔的后期同学。平绥路上向来有不少的康乃尔同学担任机务工务的事；这两年来平绥路的大整顿更是沈金两位努力的成绩。我们这一次旅行的一个目的是要参观这几个同学在短时期中造成的奇迹。

平绥路自从1923年以来，屡次遭兵祸，车辆桥梁损失最大。1928—1929年时，机车只剩七十二辆，货车只剩五百八十三辆（抵1924年的三分之一），客车只剩三十二辆（抵1926年的六分之一），货运和客运都不能维持了。加上政治的紊乱，管理的无法，债务的累积，这条铁路就成了全国最破坏最腐败的铁路。丁在君先生每回带北大学生去作地质旅行回来，总对我们诉说平绥路的腐败情形；他在他的《苏俄游记》里，每次写火车上的痛苦，也总提出平绥路来作比较。我在北平住了这么多年，到去年才去游长城，这虽然是因为我懒于旅行，其实一半也因为我耳朵里听惯了这条路腐败的可怕。

我们这一次旅行平绥路全线，真使我们感觉一种奇迹的变换。车辆（机车，货车，客车）虽然还没有完全恢复此路全盛时的辆数，然而修理和购买的车辆已可以勉强应付全路的需要了。特别快车的整理，云岗与长城的特别游览车的便利，是大家知道的。有一些重要而人多忽略的大改革，是值得记载的：（一）枕木的改换。全路枕木一百五十多万根，年久了，多有朽坏；这两年中，共换了新枕木六十万根。（二）造桥。全路拟改造之桥总计凡五百五十七孔，两年中改造的已有一百多孔；凡新造的桥都是采用最新式之铁筋混凝土梁。（三）改线。平绥路有些地方，坡度太陡，弯线太紧，行车很困难，故有改路线的必要。最困难的是那有名的“关沟段”（自南口起至康庄止）。这两年中，在平地泉绥远之间，改线的路已成功的约有十一英里。

平绥路的最大整顿是债务的清理。这条路在二十多年中，借内外债总额为七千六百余万元，当金价最高时，约值一万万元。而全路的财产不过值六千万元。所以人都说平绥是一条最没有希望的路。沈立孙局长就职后，他决心要整顿本路的债务。他的办法是把债务分作两种，本金在十万元以上的债款为巨额债户，十万元以下的为零星债户。零星债款的偿还有两个办法：一为按本金折半，一次付清，不计利息；一为按本金全数分六十期摊还，也不计利息。巨额债款的偿还办法是照一本一利分八百期摊还。巨额债户之中，有几笔很大的外债，如美国的泰康洋行，如日本的三井洋行与东亚兴业株式会社，都是大债主。大多数债户对于平绥路，都是久已绝望的，现在平绥路有整理债务的方案出来，大家都喜出望外，所以都愿意迁就路局的办法。所以第一年整理的结果，就清理了六十二宗借款，原欠本利总数为六千一百八十五万余元，占全路总债额约十分之八，清理之后，减折作三千六百三十万余元。所以一年整理的结果居然减少了二千五百五十万元的负债，这真可说是一种奇迹了。

我常爱对留学回来的朋友讲一个故事。十九世纪中，英国有一个宗教运动，叫做“牛津运动”，其中有一个领袖就是后来投入天主教，成为主教的纽曼。纽曼和他的同志们做了不少的宗教诗歌，写在一本小册子上；在册子的前面，纽曼题了一句荷马的诗，他自己译成英文：You shall see the difference， now that we are back again，我曾译成中文，就是：“现在我们回来了，你们请看，要换个样子了。”我常说，个个留学生都应该把这句话刻在心上，做我们的口号。可惜许多留学回来的朋友都没有这种气魄敢接受这句口号。这一回我们看了我们的一位少年同学（沈局长今年只有三十一岁）在最短时期中把一条腐败的铁路变换成一条最有成绩的铁路，可见一二人的心力真可使山河变色，纽曼的格言是不难做到的。

当然，平绥路的改革成绩不全是一二人的功劳。最大的助力是中央政治的权力达到了全路的区域。这条路经过四省（河北，察，山西，绥），若如从前的割据局势，各军队可以扣车，可以干涉路政，可以扣留路款，可以随便作战，那么，虽有百十个沈昌，也不会有成绩。现在政治统一的势力能够达到全路，所以全路的改革能逐渐实行。现在平绥路每年只担负北平军分会的经费六十万元，此外各省从不闻有干涉铁路收入的事；察哈尔和绥远两个省政府各留一辆包车，此外也绝无扣车的事。现在各省的军政领袖也颇能明白铁路上的整顿有效就是直接间接的增加各省府的财政收入，所以他们也都赞助铁路当局的改革工作。这都可见政治统一是内政一切革新的基本条件。有了这个基本条件，加上个人的魄力与新式的知识训练，肯做事的人断乎不怕没有好成绩的。

我们这回旅行的另一个目的是游览大同的云岗[①]石窟。我个人抱了游云岗的心愿，至少有十年了，今年才得如愿，所以特别高兴。我们到了云岗，才知道这些大石窟不是几个钟头看得完的，至少须要一个星期的详细攀登赏玩，还要带着很好的工具，才可以得着一些正确的印象。我们在云岗逗留了不过两个多钟头，当然不能作详细的报告。

云岗在大同的西面，在武州河的西岸，古名武州塞，又称武州山。从大同到此，约三十里，有新修的汽车路，虽须两次涉武州河，但道路很好，大雨中也不觉得困难。云岗诸石窟，旧有十大寺，久已毁坏。顺治八年总督佟养量重修其一小部分，称为石佛古寺。这一部分现存两座三层楼，气象很狭小简陋，绝不是原来因山造寺的大规模。两楼下各有大佛，高五丈余，从三层楼上才望见佛头。这一部分，清朝末年又重修过，大佛都被装金，岩上石刻各佛也都被装修涂彩，把原来雕刻的原形都遮掩了。

道宣《续高僧传》卷一《昙曜传》说：

---

① 现写作云冈。

昙曜……住恒安石窟通乐寺，即魏帝之所造也。去恒安西北三十里，武州山谷北面石岩，就而镌之，建立佛寺，名曰灵岩。龛之大者，举高二十余丈，可受三千许人。面别镌象，穷诸巧丽；龛别异状，骇动人神。栉比相连，三十余里。东头僧寺，恒供千人。碑碣现存，未卒陈委。

以我们所见诸石窟，无有“可受三千许人”的龛，也无有能“恒供千人”的寺。大概当日石窟十寺的壮丽弘大，已非我们今日所能想象了。大凡一个宗教的极盛时代，信士信女都充满着疯狂的心理，烧臂焚身都不顾惜，何况钱绢的布施？所以六朝至唐朝的佛寺的穷极侈丽，是我们在这佛教最衰微的时代不能想象的。北魏建都大同，《魏书·释老志》说，当太和初年（470），“京城内寺，新旧且百所，僧尼二千余人。四方诸寺六千四百七十八，僧尼七万七千二百五十八人”。太和十七年（493）迁都洛阳，杨炫之在《洛阳伽蓝记序》中说：“京城表里凡有一千余寺。”杨炫之在东魏武定五年（547）重到洛阳，他只看见城廓崩毁，宫室倾覆，寺观灰烬，庙塔丘墟。墙被蒿艾，巷罗荆棘。野兽穴于荒阶，山鸟巢于庭树；游儿牧竖踯躅于九逵，农夫耕稼艺黍于双阙。

我们在一千五百年后来游云岗，只看见这一座很简陋的破寺，寺外一道残破的短墙，包围着七八处大石窟；短墙之西，还有九个大窟，许多小窟，面前都有贫民的土屋茅蓬，猪粪狗粪满路都是，石窟内也往往满是鸽翎与鸽粪，又往往可以看见乞丐住宿过的痕迹。大像身上有许多大大小小的圆孔，当初都是镶嵌珠宝的，现在都挖空了；大像的眼珠都是用一种黑石磋光了嵌进去的，现在只有绝少数还存在了。诸窟中的小像，凡是砍得下的头颅，大概都被砍下偷卖掉了。佛力久已无灵，老百姓没有饭吃，要借诸佛的头颅和眼珠子卖几块钱来活命，还不是很正当的吗？

日本人佐藤孝任曾在云岗住了一个月，写了一部《云岗大石窟》（华北正报社出版），记载此地许多石窟的情形很详细，附图很多，有不能照像的，往往用笔速写勾摹，所以是一部很有用的云岗游览参考书。佐藤把云岗分作三大区：

东方四大窟

中央十大窟（在围墙内）

西方九大窟

西端诸小窟

东方诸窟散在武州河岸，我们都没有去游。西端诸窟，我们也不曾去。我们看的是中央十窟和西方九窟。我们平日在地理书或游览书上最常见的露天大佛（高五丈多），即在西方的第九窟。我们看这露天大石佛和他的背座，可以想象此大像当日也曾有龛有寺，寺是毁了，龛是被风雨侵蚀过甚（此窟最当北风，故受侵蚀最大），也坍塌了。

依我的笨见看来，此间的大佛都不过是大的可惊异而已，很少艺术的意味。最有艺术价值是壁上的浮雕，小龛的神像，技术是比较自由的，所以创作的成分往往多于模仿的成分。

中央诸窟，因为大部分曾经后人装金涂彩，多不容易看出原来的雕刻艺术。西方诸窟多没有重装重涂，又往往受风雨的侵蚀，把原来的斧凿痕都销去了，所以往往格外圆润老拙的可爱。此山的岩石是沙岩，最容易受风蚀；我们往往看见整块的几丈高岩上成千的小佛像都被磨蚀到仅仅存一些浅痕了。有许多浮雕连浅痕也没有了，我们只能从他们旁边雕刻的布置，推想当年的痕迹而已。

因此我们得两种推论：

第一，云岗诸石窟是一千五百年前的佛教美术的一个重要中心，从宗教史和艺术史的立场，都是应该保存的。一千五百年中，天然的风蚀，人工的毁坏，都已糟蹋了不少了。国家应该注意到这一个古雕刻的大结果，应该设法保护它，不但要防人工的继续偷毁，还要设法使它可以避免风雨沙日的侵蚀。

第二，我们可以作一个历史的推论。初唐的释道宣在《昙曜传》里说到武州山的石窟寺，有“碑碣见存”的一句话。何以今日云岗诸窟竟差不多没有碑记可寻呢？何以古来记录山西金石的书（如胡聘之的《山右石刻丛编》）都不曾收有云岗的碑志呢？我们可以推想，当日的造像碑碣，刻在沙岩之上，凡露在风日侵蚀之下的，都被自然磨灭了。碑碣刻字都不很深，浮雕的佛像尚且被风蚀了，何况浅刻的碑字呢？

马叔平先生说，云岗现存三处石碑碣。我只见一处。郑振铎先生记载着“大茹茹”刻石，可辨认的约有二十字，此碑我未见。其余一碑，似乎郑先生也未见。我见的一碑在佐藤书中所谓“中央第七窟”的石壁很高处，此壁在里层，不易被风蚀，故全碑约三百五十字，大致都还可读。此碑首行有“邑师法宗”四字，似乎是撰文的人。文中说：

> 太和七年（483）岁在癸亥八月三十日邑信士女等五十四人……遭值圣主，道教天下，绍隆三宝，……乃使长夜改昏，久寝斯悟。弟子等……意欲仰酬洪泽……是以共相劝合，为国兴福，敬造石庿形象九十五区，及诸菩萨。

造像碑文中说造形像九十五区，证以龙门造像碑记，“区”字后来多作“躯”字，此指九十五座小像，“及诸菩萨”乃是大像。此碑可见当日不但帝后王公出大财力造此大石窟，还有不少私家的努力；如此一大窟乃是五十四个私人的功力，可以想见当日信力之强，发愿之弘大了。

云岗旧属朔平府左云县。关于石窟的记载，《山西通志》（雍正间觉罗石麟修）与《朔平府志》都说：

石窟十寺，……后魏建，始神瑞（414—415），终正光（520—524），历百年而工始竣。其寺一同升，二灵光，三镇国，四护国，五崇福，六童子，七能仁，八华严，九天宫，十兜率。孝文帝亟游幸焉。内有元时石佛二十龛。（末句《嘉庆一统志》，作“内有元载所修石佛十二龛”。元载是唐时宰相。《一统志》似有所据，《通志》和《府志》似是妄改的。）

神瑞是在太武帝毁佛法之前，而正光远在迁都洛阳之后。旧志所记，当有所本。大概在昙曜以前，早已有人依山岩凿石龛刻佛像了。毁法之事（446—451）使一般佛教徒感觉到政治权力可以护法，也可以根本铲除佛法。昙曜大概从武州塞原有的石龛得着一个大暗示，他就发大愿心，要在那坚固的沙岩之上，凿出大石窟，雕出绝大的佛像，要使这些大石窟和大石像永远为政治势力所不能摧毁。《魏书·释老志》记此事的年月不很清楚，大概他干这件绝大工程当在他做“沙门统”的任内。《释老志》记他代师贤为“沙门统”，在和平初年（约460），后文又记尚书令高肇引“故沙门统昙曜昔于承明元年（476）奏”，可知昙曜的“沙门统”至少做了十七八年。这是国家统辖佛教徒的最高官，他又能实行一种大规模的筹款政策（见《释老志》），所以他能充分用国家和全国佛教徒的财力来“凿山石壁，开窟五所，镌造佛像各一，高者七十尺，次六十尺，雕饰奇伟，冠于一世。”我们可以说，云岗的石窟虽起源在五世纪初期，但伟大的规模实创始于五世纪中叶以后昙曜作沙门统的时代。后来虽然迁都了，代都的石窟工程还继续到六世纪的初期，而洛都的皇室与佛教徒又在新京的伊阙山“准代京灵岩寺石窟”开凿更伟大的龙门石窟了。（龙门石窟开始于景明初，当西历五百年，至隋唐尚未歇。）故昙曜不但是云岗石窟的设计者，也可以说是伊阙石窟（龙门石窟）的间接设计者了。

昙曜凿石作大佛像，要使佛教和岩石有同样的坚久，永不受政治势力的毁坏。这个志愿是很可钦敬的。只可惜人们的愚昧和狂热都不能和岩石一样的坚久！时势变了，愚昧渐渐被理智风蚀了，狂热也渐渐变冷静了。岩石凿的六丈大佛依然挺立在风沙里，而佛教早已不用“三武一宗”的摧残而自己毁灭了，销散了。云岗、伊阙只够增加我们吊古的感喟，使我们感叹古人之愚昧与狂热真不可及而已！

非个人主义的新生活

这个题目是我在山东道上想着的，后来曾在天津学生联合会的学术讲演会讲过一次，又在唐山的学术讲演会讲过一次。唐山的演讲稿由一位刘赞清君记出，登在一月十五日《时事新报》上。我这一篇的大意是对于新村的运动贡献一点批评。这种批评是否合理，我也不敢说。但是我自信这一篇文字是研究考虑的结果，并不是根据于先有的成见的。

本篇有两层意思：一是表示我不赞成现在一般有志青年所提倡，我所认为"个人主义的"新生活。一是提出我所主张的"非个人主义的"新生活。就是"社会的"新生活。

先说什么叫做"个人主义"（Individualism）。一月二日夜（就是我在天津讲演前一晚），杜威博士在天津青年会讲演"真的与假的个人主义"，他说，个人主义有两种：

（1）假的个人主义——就是为我主义（Egoism），他的性质是自私自利：只顾自己的利益，不管群众的利益。

（2）真的个人主义——就是个性主义（Individuality），他的特性有两种：一是独立思想，不肯把别人的耳朵当耳朵，不肯把别人的眼睛当眼睛，不肯把别人的脑力当自己的脑力；二是个人对于自己思想信仰的结果要负完全责任，不怕权威，不怕监禁杀身，只认得真理，不认得个人的利害。

杜威先生极力反对前一种假的个人主义，主张后一种真的个人主义。这是我们都赞成的。但是他反对的那种自私自利的个人主义的害处，是大家都明白的。因为人们大多明白这种主义的害处，故他的危险究竟不很大。例如东方现在实行这种极端为我主义的“财主督军”，无论他们眼前怎样横行，究竟逃不了公论的怨恨，究竟不会受多数有志青年的崇拜。所以我们可以说这种主义的危险是很有限的。但是我觉得“个人主义”还有第三派，是很受人崇敬的，是格外危险的。这一派是：

（3）独善的个人主义——他的共同性质是：不满意于现社会，却又无可如何，只想跳出这个社会去寻一种超出现社会的理想生活。

这个定义含有两部分：①承认这个现社会是没有法子挽救的了；②要想在现社会之外另寻一种独善的理想生活。自有人类以来，这种个人主义的表现也不知有多少次了。简括说来，共有四种：

（一）宗教家的极乐国。如佛家的净土，犹太人的伊甸园，别种宗教的天堂、天国，都属于这一派。这种理想的缘起，都由于对现社会不满意。因为厌恶现社会，故悬想那些无量寿、无量光的净土；不识不知，完全天趣的伊丁园；只有快乐，毫无痛苦的天国。这种极乐国里所没有的，都是他们所厌恨的；所有的，都是他们所梦想而不能得到的。

（二）神仙生活。神仙的生活也是一种悬想的超出现社会的生活。人世有疾病痛苦，神仙无病长生；人世愚昧无知，神仙能知过去未来；人生不自由，神仙乘云遨游，来去自由。

（三）山林隐逸的生活。前两种是完全出世的；他们的理想生活是悬想的渺茫的出世生活。山林隐逸的生活虽然不是完全出世的，也是不满意于现社会的表示。他们不满意于当时的社会政治，却又无能为力，只得隐姓埋名，逃出这个恶浊社会去做他们自已理想中的生活。他们不能“得君行道”，故对于功名利禄，表示藐视的态度；他们痛恨富贵的人骄奢淫逸，故说富贵如同天上的浮云，如同脚下的破草鞋。他们痛恨社会上有许多不耕而食、不劳而得的“吃白阶级”，故自已耕田锄地，自食其力。他们厌恶这污浊的社会，故实行他们理想中梅妻鹤子、渔蓑钓艇的洁净生活。

（四）近代的新村生活。近代的新村运动，如十九世纪法国美国的理想农村，如现在日本日向的新村，照我的见解看起来，实在同山林隐逸的生活是根本相同的。那不同的地方，自然也有。山林隐逸是没有组织的，新村是有组织的；

这是一种不同。隐遁的生活是同世事完全隔绝的，故有“不知有汉，遑论魏晋”的理想；现在的新村的人能有赏玩Rodin同Cézanne的幸福，还能在村外著书出报：这又是一种不同。但是这两种不同都是时代造成的，是偶然的，不是根本的区别。从根本性质上看来，新村的运动都是对于现社会不满意的表示。即如新村，他们对于现在“少数人在多数人的不幸上，筑起自己的幸福”的社会制度，表示不满意，自然是公认的事实。周作人先生说日向新村里有人把中国看作“最自然，最自在的国”。这是他们对于日本政制极不满意的一种牢骚话，很可玩味的。武者小路实笃先生一般人虽然极不满意于现社会，却又不赞成用“暴力”的改革。他们都是“真心仰慕着平和”的人。他们于无可如何之中，想出这个新村的计划来。周作人先生说：“新村的理想，要将历来非暴力不能做到的事，用和平方法得来。”这个和平方法就是离开现社会，去做一种模范的生活。“只要万人真希望这种的世界，这世界便能实现。”这句话不但是独善主义的精义，简直全是净土宗的口气了！所以我把新村来比山林隐逸，不算冤枉他；就是把他来比求净土天国的宗教运动，也不算玷辱他。不过他们的“净土”是在日向，不在西天罢了。

我这篇文章要批评的“个人主义的新生活”，就是指这一种跳出现社会的新村生活。这种生活，我认为是“独善的个人主义”的一种。“独善”两个字是从孟轲“穷则独善其身”一句话上来的。有人说：新村的根本主张是要人人“尽了对于人类的义务，却又完全发展自己个性”；如此看来，他们既承认“对于人类的义务”，如何还是独善的个人主义呢。我说：这正是个人主义的证据。试看古今来主张个人主义的思想家，从希腊的“狗派”（Cynic）以至十八九世纪的个人主义，那一个不是一方面崇拜个人，一方面崇拜那广漠的“人类”的？主张个人主义的人，只是否认那些切近的伦谊，——或是家族，或是“社会”，或是国家，——但是因为要推翻这些比较狭小逼人的伦谊，不得不捧出那广漠不逼人的“人类”。所以凡是个人主义的思想家，没有一个不承认这个双重关系的。

新村的人主张“完全发展自己个性”，故是一种个人主义。他们要想跳出现社会去发展自己个性，故是一种独善的个人主义。

这种新村的运动，因为恰合现在青年不满意于现社会的心理，故近来中国也有许多人欢迎、赞叹、崇拜。我也是敬仰武者先生一班人的，故也曾仔细考究这个问题。我考究的结果是不赞成这种运动。我以为中国的有志青年不应该仿行这种个人主义的新生活。

这种新村的运动有什么可以反对的地方呢？

第一，因为这种生活是避世的，是避开现社会的。这就是让步。这便不是奋斗。我们自然不应该提倡“暴力”，但是非暴力的奋斗是不可少的。我并不是说武者先生一班人没有奋斗的精神。他们在日本能提倡反对暴力的论调，——如

《一个青年的梦》——自然是有奋斗精神的。但是他们的新村计划想避开现社会里“奋斗的生活”，去寻那现社会外“生活的奋斗”，这便是一大让步。武者先生的《一个青年的梦》里的主人翁最后有几句话，很可玩味。他说：

> ……请宽恕我的无力。——宽恕我的话的无力。但我心里所有的对于美丽的国的仰慕，却要请诸君体察的。……

我们对于日向的新村应该作如此观察。

第二，在古代，这种独善主义还有存在的理由；在现代，我们就不该崇拜他了。古代的人不知道个人有多大的势力，故孟轲说：“穷则独善其身，达则兼善天下。”古人总想，改良社会是“达”了以后的事业，——是得君行道以后的事业；故承认个人——穷的个人——只能做独善的事业，不配做兼善的事业。古人错了。现在我们承认个人有许多事业可做。人人都是一个无冠的帝王，个人都可以做一些改良社会的事。去年的“五四运动”和“六三运动”，何尝是“得君行道”的人做出来的？知道个人可以做事，知道有组织的个人更可以作事，便可以知道这种个人主义的独善生活是不值得摹仿的了。

第三，他们所信仰的“泛劳动主义”是很不经济的。他们主张：“一个人生存上必要的衣食住，论理应该用自己的力去得来，不该要别人代负这责任。”这话从消极一方面看，——从反对那“游民贵族”的方面看，——自然是有理的。但是从他们的积极实行方面看，他们要“人人尽劳动的义务，制造这生活的资料”，——就是衣食住的资料，——这便是“矫枉过正”了。人人要尽制造衣食住的资料的义务，就是人人要加入这生活的奋斗。（周作人先生再三说新村里平和幸福的空气，也许不承认“生活的奋斗”的话；但是我说的，并不是人同人争面包米饭的奋斗，乃是人在自然界谋生存的奋斗；周先生说新村的农作物至今还不够自用，便是一证。）现在文化进步的趋势，是要使人类渐渐减轻生活的奋斗至最低度，使人类能多分一些精力出来，做增加生活意味的事业。新村的生活使人人都要尽“制造衣食住的资料”的义务，根本上否认分功进化的道理，增加生活的奋斗，是很不经济的。

第四，这种独善的个人主义的根本观念就是周先生说的“改造社会，还要从改造个人做起。”我对于这个观念，根本上不能承认。这个观念的根本错误在于把“改造个人”与“改造社会”分作两截；在于把个人看作一个可以提到社会外去改造的东西。要知道个人是社会上种种势力的结果。我们吃的饭，穿的衣服，说的话，呼吸的空气，写的字，有的思想，……没有一件不是社会的。我曾有几句诗，说：“……此身非吾有：一半属父母，一半属朋友。”当时我以为把一半的我归功社会，总算很慷慨了。后来我才知道这点算学做错了！父母给我的真是极少的一部分。其余各种极重要的部分，如思想、信仰、知识、技术、习惯，等等，大都是社会给我的。我穿线袜的法子是一个徽州同乡教我的；我穿皮鞋打的结能不散开，是一个美国女朋友教我的。这两件极细碎的例，很可以说明这个“我”是社会上无数势力所造成的。社会上的“良好分子”并不是生成的，也不是个人修炼成的，——都是因为造成他们的种种势力里面，良好的势力比不良的势力多些。反过来，不良的势力比良好的势力多，结果便是“恶劣分子”了。古代的社会哲学和政治哲学只为要妄想凭空改造个人，故主张正心、诚意、独善其身的办法，这种办法其实是没有办法，因为没有下手的地方。近代的人生哲学渐渐变了，渐渐打破了这种迷梦，渐渐觉悟：改造社会的下手方法在于改良那些造成社会的种种势力——制度、习惯、思想、教育，等等。那些势力改良了，人也改良了。所以我觉得“改造社会要从改造个人做起”还是脱不了旧思想的影响。我们的根本观念是：

> 个人是社会上无数势力造成的。
>
> 改造社会须从改造这些造成社会，造成个人的种种势力做起。
>
> 改造社会即是改造个人。

新村的运动如果真是建筑在“改造社会要从改造个人做

起”一个观念上，我觉得那是根本错误了。改造个人也是要一点一滴的改造那些造成个人的种种社会势力。不站在这个社会里来做这种一点一滴的社会改造，却跳出这个社会去“完全发展自己个性”，这便是放弃现社会，认为不能改造；这便是独善的个人主义。

以上说的是本篇的第一层意思。现在我且简单说明我所主张的“非个人主义的”新生活是什么。这种生活是一种“社会的新生活”；是站在这个现社会里奋斗的生活；是霸占住这个社会来改造这个社会的新生活。他的根本观念有三条：

（1）社会是种种势力造成的，改造社会须要改造社会的种种势力。这种改造一定是零碎的改造，——一点一滴的改造，一尺一步的改造。无论你的志愿如何宏大，理想如何彻底，计划如何伟大，你总不能笼统的改造，你总不能不做这种“得寸进寸，得尺进尺”的工夫。所以我说：社会的改造是这种制度那种制度的改造，是这种思想那种思想的改造，是这个家庭那个家庭的改造，是这个学堂那个学堂的改造。

（2）因为要做一点一滴的改造，故有志做改造事业的人必须要时时刻刻存研究的态度，做切实的调查，下精细的考虑，提出大胆的假设，寻出实验的证明。这种新生活是研究的生活，是随时随地解决具体问题的生活。具体的问题多解决了一个，便是社会的改造进了那么多一步。做这种生活的人要睁开眼睛，公开心胸；要手足灵敏，耳目聪明，心思活泼；要欢迎事实，要不怕事实；要爱问题，要不怕问题的逼人！

（3）这种生活是要奋斗的。那避世的独善主义是与人无忤，与世无争的，故不必奋斗。这种新生活，到处翻出不中听的事实，到处提出不中听的问题，自然是很讨人厌的，是一定要招起反对的。反对就是兴趣的表示，就是注意的表示。我们对于反对的旧势力，应该作正当的奋斗，不可退缩。我们的方针是：奋斗的结果，要使社会的旧势力不能不让我们；切不可先就偃旗息鼓退出现社会去，把这个社会双手让给旧势力。换句话说，应该使旧社会变成新社会，使旧村变为新村，使旧生活变为新生活。

我且举一个实际的例子。英美近二三十年来，有一种运动，叫做“贫民区域居留地”（Social Settlements）的运动。这种运动的大意是：一班青年的男女，——大都是大学的毕业生，——在本城拣定一块极龌龊、极不堪的贫民区域，买一块地，造一所房屋。这班人便终日在这里面做事。这屋里，凡是物质文明所赐的生活需要品，——电灯、电话、热气、浴室、游水池、钢琴、话匣，等等，——无一不有。他们把附近的小孩子，——垢面的孩子，顽皮的孩子，——都招拢来，教他们游水，教他们读书，教他们打球，教他们演说辩论，组成音乐队，组成演剧团，教他们演戏奏艺。还有女医生和看护妇，天天出去访问贫家，替他们医病，帮他们接生和看护产妇。病重的，由“居留地”的人送入公家医院。因为天下贫民都是最安本分的，他们眼见那高楼大屋的大医院心里以为这定是为有钱人家造的，绝不是替贫民诊病的；所以必须有人打破他们这种见解，教他们知道医院不是专为富贵人家的。还有许多贫家的妇女每日早晨出门做工，家里小孩子无人看管，所以“居留地”的人教他们把小孩子每天寄在“居留地”里，有人替他洗浴，换洗衣服，喂他们饮食，领他们游戏。到了晚上，他们的母亲回来了，各人把小孩领回去。这种小孩子从小就在洁净慈爱的环境里长大，渐渐养成了良好习惯，回到家中，自然会把从前的种种污秽的环境改了。家中大人也因时时同这种新生活接触，渐渐的改良了。我在纽约时，曾常常去看亨利街上的一所居留地，是华德女士（Lilian Wald）办的。有一晚我去看那条街上的贫家子弟演戏，演的是贝里（Barry）的名剧。我至今回想起来，他们演戏的程度比我们大学的新戏高得多咧！

这种生活是我所说的“非个人主义的新生活”！是我所说的“变旧社会为新社会，变旧村为新村”的生活！这也不是用“暴力”去得来的！我希望中国的青年要做这一类的新生活，不要去模仿那跳出现社会的独善生活，我们的新村就在我们自己的旧村里！我们所要的新村是要我们自己的旧村变成的新村！

可爱的男女少年！我们的旧村里我们可做的事业多得很咧！村上的鸦片烟灯还有多少？村上的吗啡针害死了多少人？村上缠脚的女子还有多少？村上的学堂成个什么样子？

村上的绅士今年卖选票得了多少钱？村上的神庙香火还是怎么兴旺？村上的医生断送了几百条人命？村上的煤矿工人每日只拿到五个铜子，你知道吗？村上多少女工因贫穷被逼去卖淫，你知道吗？村上的工厂没有避火的铁梯，昨天火起，烧死了一百多人，你知道吗？村上的童养媳妇被婆婆打断了一条腿，村上的绅士逼他的女儿饿死做烈女，你知道吗？

有志求新生活的男女少年！我们有什么权利，丢开这许多的事业去做那避世的新村生活！我们放着这个恶浊的旧村，有什么面孔，有什么良心，去寻那“和平幸福”的新村生活！

新生活

——为《新生活》杂志第一期做的

哪样的生活可以叫做新生活呢？

我想来想去，只有一句话。新生活就是有意思的生活。

你听了，必定要问我，有意思的生活又是什么样子的生活呢？

我且先说一两件实在的事情做个样子，你就明白我的意思了。

前天你没有事做，闲的不耐烦了，你跑到街上一个小酒店里，打了四两白干，喝完了，又要四两，再添上四两。喝的大醉了，同张大哥吵了一回嘴，几乎打起架来。后来李四哥来把你拉开，你气忿忿的又要了四两白干，喝的人事不知，幸亏李四哥把你扶回去睡了。昨儿早上，你酒醒了，大嫂子把前天的事告诉你，你懊悔的很，自己埋怨自己：“昨儿为什么要喝那么多酒呢？可不是糊涂吗？”

你赶上张大哥家去，作了许多揖，赔了许多不是，自己怪自己糊涂，请张大哥大量包涵。正说时，李四哥也来了，王三哥也来了。他们三缺一，要你陪他们打牌。你坐下来，打了十二圈牌，输了一百多吊钱。你回得家来，大嫂子怪你不该赌博，你又懊悔的很，自己怪自己道："是呵，我为什么要陪他们打牌呢？可不是糊涂吗？"

诸位，像这样子的生活，叫做糊涂生活，糊涂生活便是没有意思的生活。你做完了这种生活，回头一想，"我为什么要这样干呢？"你自己也回答不出究竟为什么。

诸位，凡是自己说不出"为什么这样做"的事，都是没有意思的生活。

反过来说，凡是自己说得出"为什么这样做"的事，都可以说是有意思的生活。

生活的"为什么"，就是生活的意思。

人同畜牲的分别，就在这个"为什么"上。你到万牲园里去看那白熊一天到晚摆来摆去不肯歇，那就是没有意思的生活。我们做了人，应该不要学那些畜生的生活。畜生的生活只是糊涂，只是胡混，只是不晓得自己为什么如此做。一个人做的事应该件件事问得出一个"为什么"。

我为什么要干这个？为什么不干那个？回答得出，方才可算是一个人的生活。

我们希望中国人都能做这种有意思的新生活。其实这种新生活并不十分难，只消时时刻刻问自己为什么这样做，为什么不那样做，就可以渐渐的做到我们所说的新生活了。

诸位，千万不要说“为什么”这三个字是很容易的小事。你打今天起，每做一件事，便问一个为什么，——为什么不把辫子剪了？为什么不把大姑娘的小脚放了？为什么大嫂子脸上搽那么多的脂粉？为什么出棺材要用那么多叫化子？为什么娶媳妇也要用那么多叫化子？为什么骂人要骂他的爹妈？为什么这个？为什么那个？——你试办一两天，你就会觉得这三个字的趣味真是无穷无尽，这三个字的功用也无穷无尽。

诸位，我们恭恭敬敬的请你们来试试这种新生活。

寄吴又陵先生书

前接先生三月二十一日手书，当时匆匆未及即时作答，现闻成都报纸因先生的女儿辟畺女士的事竟攻击先生，我觉得我此时不能不写几句话来劝慰先生。春间辟畺因留学的事来见我，我觉得她少年有志，冒险远来胆识都不愧为名父之女，故很敬重她。她临行时，我给她几封介绍信，都很带有期望她的意思。后来忽然听见她和潘力山君结婚之事，我心里着实失望。我所以失望，倒并不是因为他们的恋爱关系，——那另是一个问题，——我最失望的是辟畺一腔志气不曾做到分毫，便自己甘心做一个人的妻子；将来家庭的担负，儿女的牵挂，都可以葬送她的前途。后来任叔永回国，告诉我她过卜克利见辟畺时的情形，果然辟畺躬自操作持家，努力作主妇了……

先生对于此事，不知感想如何？我怕外间纷纷的议论定已使先生心里不快。先生二十年来与恶社会宣战，恶社会现在借刀报复，自是意中之事。但此乃我们必不可免的牺牲，——我们若怕社会的报复，绝不来干这种与社会宣战的事了。乡间有人出来提倡毁寺观庙宇，改为学堂；过了几年，那人得暴病死了，乡下人都拍手称快，大家造出谣言，说那人是被菩萨捉去地狱里受罪去了！这是很平常的事。我们不能预料我们的儿女的将来，正如我们不能预料我们的房子不被“天火”烧，我们的“灵魂”不被菩萨“捉去地狱里受罪”。

况且我们既主张使儿女自由自动，我们便不能妄想一生过老太爷的太平日子。自由不是容易得来的。自由有时可以发生流弊，但我们绝不因为自由有流弊便不主张自由。“因噎废食”一句套语，此时真用得着了。自由的流弊有时或发现于我们自己的家里，但我们不可因此便失望，不可因此便对于自由起怀疑的心。我们还要因此更希望人类能从这种流弊里学得自由的真意义，从此得着更纯粹的自由。

从前英国的高德温（Godwin）主张无政府主义，主张自由恋爱，后来他的女儿爱了诗人雪莱（Shelley），跟他跑了。社会的守旧党遂借此攻击他老人家，但高德温的价值并不因此减损。当时那班借刀报复的人，现在谁也不提起了！

我是很敬重先生的奋斗精神的。年来所以不曾通一信寄一字者，正因为我们本是神交，不必拘泥形迹。此次我因此事第一次寄书给先生，是我从前不曾预料到的，但此时我若再不寄此信，我就真对不起先生了。

少年中国之精神

前番太炎先生话里面说现在青年的四种弱点，都是很可使我们反省的。他的意思是要我们少年人：一、不要把事情看得太容易了；二、不要妄想凭借已成的势力；三、不要虚慕文明；四、不要好高骛远。这四条都是消极的忠告。我现在且从积极一方面提出几个观念，和各位同志商酌。

（一）少年中国的逻辑

逻辑即是思想、辩论、办事的方法。一般中国人现在最缺乏的就是一种正当的方法。因为方法缺乏，所以有下列的几种现象：（一）灵异鬼怪的迷信，如上海的盛德坛及各地的各种迷信；（二）谩骂无理的议论；（三）用诗云子曰作根据的议论；（四）把西洋古人当作无上真理的议论；还有一种平常人不很注意的怪状，我且称他为“目的热”，就是迷信一些空虚的大话，认为高尚的目的；全不问这种观念的意义究竟如何；今天有人说："我主张统一和平。"大家齐声喝彩，就请他做内阁总理；明天又有人说："我主张和平统一。"大家又齐声叫好，就举他做大总统；此外还有什么"爱国"哪，"护法"哪，"孔教"哪，"卫道"哪……许多空虚的名词；意义不曾确定，也都有许多人随声附和，认为天经地义，这便是我所说的"目的热"。以上所说各种现象都是缺乏方法的表示。我们既然自认为"少年中国"，不可不有一种新方法；这种新方法，应该是科学的方法；科学方法，不是我在这短促时间里所能详细讨论的，我且略说科学方法的要点：

第一，注重事实。

科学方法是用事实作起点的，不要问孔子怎么说，柏拉图怎么说，康德怎么说；我们须要先从研究事实下手，凡游历、调查、统计等事都属于此项。

第二，注重假设。

单研究事实，算不得科学方法。王阳明对着庭前的竹子做了七天的"格物"工夫，格不出什么道理来，反病倒了，这是笨拙的"格物"方法；科学家最重"假设"（Sgntness）。观察事物之后，自说有几个假定的意思；我们应该把每一个假设所含的意义彻底想出，看那意义是否可以解释所观察的事实？是否可以解决所遇的疑难？所以要博学。正是因为博学方才可以有许多假设，学问只是供给我们种种假设的来源。

第三，注重证实。

许多假设之中，我们挑出一个，认为最合用的假设；但是这个假设是否真正合用？必须实地证明。有时候，证实是很容易的；有时候，必须用“试验”方才可以证实。证实了的假设，方可说是“真”的，方才可用。一切古人今人的主张、东哲西哲的学说，若不曾经过这一层证实的工夫，只可作为待证的假设，不配认作真理。

少年的中国，中国的少年，不可不时时刻刻保存这种科学的方法，实验的态度。

（二）少年中国的人生观

现在中国有几种人生观都是“少年中国”的仇敌：第一种是醉生梦死的无意识生活，固然不消说了；第二种是退缩的人生观，如静坐会的人，如坐禅学佛的人，都只是消极的缩头主义。这些人没有生活的胆子，不敢冒险，只求平安，所以变成一班退缩懦夫；第三种是野心的投机主义，这种人虽不退缩，但为完全自己的私利起见，所以他们不惜利用他人，作他们自己的器具，不惜牺牲别人的人格和自己的人格，来满足自己的野心；到了紧要关头，不惜作伪，不惜作恶，不顾社会的公共幸福，以求达他们自己的目的。这三种人生观都是我们该反对的。少年中国的人生观，依我个人看来，该有下列的几种要素：

第一，须有批评的精神。

一切习惯、风俗、制度的改良，都起于一点批评的眼光；个人的行为和社会的习俗，都最容易陷入机械的习惯，到了“机械的习惯”的时代，样样事都不知不觉地做去，全不理会何以要这样做，只晓得人家都这样做，故我也这样做，这样的个人便成了无意识的两脚机器，这样的社会便成了无生气的守旧社会，我们如果发愿要造成少年的中国，第一步便须有一种批评的精神；批评的精神不是别的，就是随时随地都要问我为什么要这样做？为什么不那样做？

第二，须有冒险进取的精神。

我们须要认定这个世界是有很多危险的，是定不太平的，是需要冒险的；世界的缺点很多，是要我们来补救的；世界的痛苦很多，是要我们来减少的；世界的危险很多，是要我们来冒险进取的。俗话说得好：“成人不自在，自在不成人。”我们要做一个人，岂可贪图自在；我们要想造一个“少年的中国”，岂可不冒险；这个世界是给我们活动的大舞台，我们既上了台，便应该老着面皮，拼着头皮，大着胆子，干将起来；那些缩进后台去静坐的人都是懦夫，那些袖着双手只会看戏的人，也都是懦夫；这个世界岂是给我们静坐旁观的吗？那些厌恶这个世界梦想超生别的世界的人，更是懦夫，不用说了。

第三，须要有社会协进的观念。

上条所说的冒险进取，并不是野心的，自私自利的；我们既认定这个世界是给我们活动的，又须认定人类的生活全是社会的生活，社会是有机的组织，全体影响个人，个人影响全体，社会的活动是互助的，你靠他帮忙，他靠你帮忙，我又靠你同他帮忙，你同他又靠我帮忙；你少说了一句话，我或者不是我现在的样子，我多尽了一分力，你或者也不是你现在这个样子，我和你多尽了一分力，或少做了一点事，社会的全体也许不是现在这个样子，这便是社会协进的观念。有这个观念，我们自然把人人都看作同力合作的伴侣，自然会尊重人人的人格了；有这个观念，我们自然觉得我们的一举一动都和社会有关，自然不肯为社会造恶因，自然要努力为社会种善果，自然不致变成自私自利的野心投机家了。

少年的中国，中国的少年，不可不时时刻刻保存这种批评的、冒险进取的、社会的人生观。

（三）少年中国的精神

少年中国的精神并不是别的，就是上文所说的逻辑和人生观；我且说一件故事做我这番谈话的结论：诸君读过英国史的，一定知道英国前世纪有一种宗教革新的运动，历史上称为“牛津运动”（Oxford Movement），这种运动的几个领袖如客白尔（Keble）、纽曼（Newman）福鲁德（Fide）诸人，痛恨英国国教的腐败，想大大的改革一番；这个运动未起事之先，这几位领袖做了一些宗教性的诗歌写在一个册子上，纽曼摘了一句荷马的诗题在册子上，那句诗是You shll see thes diftbrellce now thatwe re back sgatn！翻译出来即是“如今我们回来了，你们看便不同了！”

少年的中国，中国的少年，我们也该时时刻刻记着这句话：如今我们回来了，你们看便不同了！

这便是少年中国的精神。

我们对于学生的希望

今天是五月四日。我们回想去年今日，我们两人都在上海欢迎杜威博士，直到五月六日方才知道北京五月四日的事。日子过的真快，匆匆又是一年了！

当去年的今日，我们心里只想留住杜威先生在中国讲演教育哲学；在思想一方面提倡实验的态度和科学的精神；在教育一方面而输入新鲜的教育学说，引起国人的觉悟，大家来做根本的教育改革。这是我们去年今日的希望。不料时势的变化大出我们的意料之外，这一年以来，教育界的风潮几乎没有一个月平静的；整整的一年光阴就在风潮扰攘里过去了。

这一年的学生运动，从远大的观点看起来，自然是几十年来的一件大事。从这里面发出来的好效果，自然也不少；引起学生的自动的精神，是一件；引起学生对于社会国家的兴趣，是二件；引出学生的作文演说的能力，组织的能力，办事的能力，是三件；使学生增加团体生活的经验，是四件；引起许多学生求知识的欲望，是五件；这都是旧日的课堂生活所不能产生的，我们不能不认为学生运动的重要的贡献。

社会若能保持一种水平线以上的清明，一切政治上鼓吹和设施，制度上的评判和革新，都应该由成年人去料理；未成年的一代人，（学生时代之男女）应该有安心求学的权利，社会也用不着他们求做学校生活之外的活动。但是我们现在不幸生在这个变态的社会里，没有这种常态社会中人应该有的福气；社会上许多事被一班成年的或老年的人弄坏了，别的阶级又都不肯出来干涉纠正，于是这种干涉纠正的责任遂落在一般未成年的男女学生的肩膀上。这是变态的社会里一种不可免的现象。现在有许多人说学生不应该干预政治，其实并不是学生自己要这样干，这都是社会和政府硬逼出来。如果社会国家的行为没有受学生干涉纠正的必要，如果学生能享受安心求学的幸福而不受外界的强烈的刺激和良心上的督责，他们又何必甘心抛了宝贵的光阴，冒着生命的危险，来做这种学生运动呢?

简单一句话：在变态的社会国家里面，政府太卑劣腐败了，国民又没有正式的纠正机关（如代表民意的国会之类）。那时候，干预政治的运动，一定要从青年的学生界发生的。汉末的太学生，宋代的太学生，明末的结社，戊戌政变以前的公车上书，辛亥以前的留学生革命党，俄国从前的革命党，德国革命前的学生运动，印度和朝鲜现在的运动，中国去年的五四运动与六三运动，都是同一个道理，都是有发生的理由的。

但是我们不要忘记：这种运动是非常的事，是变态的社会里不得已的事，但是他不是很不经济的不幸事。因为是不得已，故他的发生是可以原谅的。因为是很不经济的不幸事，故这种运动是暂时不得已的救急的办法，却不可翻存在的。

荒唐的中年老年人闹下了乱子，却要未成年的学子抛弃学业，荒废光阴，来干涉纠正：这是天下最不经济的事。况且中国眼前的学生运动更是不经济。何以故呢？试看自汉末以来学生运动，试看俄国德国印度朝鲜的学生运动，那有一种用罢课作武器的？即如去年的五四与六三，这两次的成绩可是单靠罢课代武器的吗？单靠用罢课作武器，是最不经济的方法，是下下策，屡用不已，是学生运动破产的表现！

罢课于旁人无损，于自己却有大损失，这是人人共知的。但我们看来，用罢课作武器，还有精神上的很大损失：

（一）养成依赖群众的恶心理，现在的学生很像忘了个人自己有许多事可做，他们很像以为不全体罢课便无事可做。个人自己不肯牺牲，不敢做事，却要全体罢了课来呐喊助威，自己却躲在大众群里跟着呐喊，这种依赖群众的心理是懦夫的心理！

（二）养成逃学的恶习惯，现在罢课的学生，究竟有几个人出来认真做事？其余无数的学生，既不办事，又不自修，究竟为了什么事罢课？从前还可说是“激于义愤”的表示，大家都认作一种最重大的武器，不得已而用之。久而久之，学生竟把罢课的事看作平常的事。我们要知道，多数学生把罢课看作很平常的事，这便是逃学习惯已养成的证据。

（三）养成无意识的行为的恶习惯，无意识的行为，就是自己说不出为什么要做的行为。现在不但学生把罢课看做很平常的事，社会也把学生罢课看做很平常的事，一件很重大的事，变成了很平常的事，还有什么功效灵验呢？既然明知没有灵验功效，却偏要去做；一处无意识的做了，别处也无意识的盲从，这种心理的养成，实在是眼前和将来最可悲观的现象。

以上说的是我们对于现在学生运动的观察。

我们对于学生的希望，简单说来，只有一句话：“我们希望学生从今以后要注意课堂里，操场上，课余时间里的学生生活：只有这种学生活动是能持久又最有功效的学生运动。”

这种学生活动有三个重要部分：（1）学问的生活，（2）团体的生活，（3）社会服务的生活。

第一，学问的生活。

这一年以来，最可使人乐观的一种好现象，就是许多学生于知识学问的兴趣渐渐增加了。新出的出版物的销数增加，可以估量求知识的兴趣增加。我们希望现在的学生充分发展这点新发生的兴趣，注重学问的生活。要知道社会国家的大问题，绝不是没有学问的人能解决的。我们说的“学问的生活”并不限于从前的背书抄讲义的生活。我们希望学生——无论中学大学——都能注重下列的几项细目：

（1）注重外国文，现在中文的出版物实在不够满足我们求知的欲望。求新知识的门径在于外国文。每个学生至少须要能用一种外国语看书。学外国语须要经过查生字，记生字的第一难关。千万不要怕难。若是学堂里的外国文教员确是不好，千万不要让他敷衍你们，不妨赶他跑。

（2）注重观察事实与调查事实，这是科学训练的第一步。要求学校里用实验来教授科学。自己去采集标本，自己去观察调查。观察调查须要有个目的，——例如本地的人口、风俗、出产、植物、鸦片烟馆等项的调查——还要注重团体的互助，分工合作，做成有系统的报告。现在的学生天天谈“二十一条”，究竟二十一条是什么东西，有几个人说得出吗？天天谈“高徐济顺”，究竟有几个人指得出这条路在什么地方吗？这种不注重事实的习惯，是不可不打破的。打破这种习惯的唯一法子，就是养成观察调查的习惯。

（3）用建设的精神促进学校的改良。现在的学校课程和教员一定有许多不能满足学生求学的欲望的。我们学生不要专做破坏的攻击，须要用建设的精神，促进学校的改良。与其提倡考试的废止，不如提倡考试的改良；与其攻击校长不多买博物标本，不如提倡学生自己采集标本。这种建设促进，比教育部和教育厅的命令功效大得多咧。

（4）注重自修，灌进去的知识学问是没有多大用处的。真正可靠的学问都是从自修得来的。自修的能力是求学问的唯一条件。不养成自修的能力，绝不能求学问。自修应注重的事是：（一）看书的能力，（二）要求学校购备参考书报，如大字典、词典、重要的大部书之类，（三）结合同学多买书报，交换阅看，（四）要求教员指导自修的门径和自修的方法。

第二，团体的生活。

五四运动以来，总算增加了许多的学生的团体生活的经验。但是现在的学生团体有两大缺点：一是内容太偏枯了，二是组织大不完备了。内容偏枯的补救，应注意各方面的"俱分并进"。

（1）学术的团体生活，如学术研究会或讲演会之类。应该注重自动的调查、报告、试验、讲演。

（2）体育的团体生活，如足球、运动会、童子军、野外幕居、假期旅行团等等。

（3）游艺的团体生活，如音乐、图书、戏剧等等。

（4）社交的团体生活，如同学茶话会、家人恳亲会、师生恳亲会、同乡会等等。

（5）组织的团体生活，如本校学生会、自治会、各校联合会、学生联合总会之类。

要补救组织不完备，应注重世界通行的议会法规（Pariamenop Law）的重要条件。简单的说来，至少须有下列的几个条件：

（1）法定开会人数。这是防弊的要件。

（2）动议的手续与修正议案的手续。这是会议法规里最繁难又最重要的一项。

（3）发言的顺序。这是维持秩序的要件。

（4）表决的方法。①须规定某种议案必须全体几分之几的可决，某种必须到会人数几分之几的可决，某种仅须过半数的可决。②须规定某种重要议案必须用无记名投票，某种必须用有记名投票，某种可用举手的表决。

（5）凡是代表制的联合会，——无论校内校外——皆须有复决制（Reterendum）。遇重大的案件，代表会议议决案必须再经过会员的总投票，总会的议决案，必须再经过各分会的复决。

（6）议案提出后，应有规定的讨论时间，并须限制每人发言的时间与次数。现在许多学生会的章程只注重职员的分配，却不注重这些最紧要的条件，这是学生团体失败的一个大原因。

此外还须注意团体生活最不可少的两种精神：

①容纳反对党的意见，现在学生会议的会场上，对于不肯迎合群众心理的言论，往往有许多威压的表示，这是暴民专制，不是民治精神。民治主义的第一个条件就是要使各方面的意见都可以自由发表。

②人人要负责任，天下有许多事都是不肯负责任的“好

人”弄坏的。好人坐在家里叹气，坏人在议场做戏，天下事所以败坏了。不肯出头负责任的人，便是团体的罪人，便不配做民治国家的国民。民治主义的第二个条件是人人要负责任，要尊重自己的主张，要用正当的方法来传播自己的主张。

第三，社会服务的生活。

学生运动是学生对于社会国家的利害发生兴趣的表示，所以各处都有平民夜学，平民讲演的发起。我们希望今后的学生继续推广这种社会服务的事业。这种事业，一来是救国的根本办法，二来是学生的现力做得到的，三来可以发展学生自己的学问与才干，四来可以训练学生待人接物的经验。我们希望学生注意以下几点：

（1）平民夜校。注重本地的需要，介绍卫生的常识，职业的常识，公民的常识。

（2）通俗讲演。现在那些“同胞快醒，国要亡了”“杀卖国贼”“爱国是人生的义务”等等空话的讲演，是不能持久的，说了两三遍就没有用了。我们希望学生注重科学常识的讲演、改良风俗的讲演、破除迷信的讲演。譬如你今天演说“下雨”，你不能不先研究雨是怎样来的，何以从天上下来；听的人也可以因此知道雨不是龙王、菩萨洒下来的，也可以知道雨不是道士、和尚求得下来的。又如你明天演说“种田何以须用石灰作肥料”，你就不能不研究石灰的化学性，听的人也可以因此知道肥料的道理。这种讲演，不但于人有益，于自己也极有益。

（3）破除迷信的事业。我们希望学生不但用科学的道理来解释本地的种种迷信，并且还要实行破除迷信的事业。如求神合婚、求仙言、放焰口、风水等等迷信，都该破除。学生不来破除迷信，迷信是永远不会破除的。

（4）改良风俗的事业。我们希望学生用力去做改良风俗的事业。譬如女子缠足的，现在各处多有。学生应该组织天足会，相戒不娶小脚的女子。不能解放你的姊妹的小脚，他就不配谈“女子解放”。又如鸦片烟与吗啡，现在各处仍旧很销行，学生应该组织调查队，侦探队，或报告官府，或自动的捣毁烟间与吗啡店。你不能干涉你村上的鸦片吗啡，你也不配干预国家的大事。

以上说的是我们对于学生的希望。

学生运动已发生了，是青年一种活动力的表现，是一种好现象，绝不能压下去的；也绝不可把它压下去的。我们对于办教育的人的忠告是：“不要梦想压制学生运动；学潮的救济只有一个法子，就是引导学生向有益有用的路上去活动。”

学生运动现在四面都受攻击，五四的后援也没有了，六三的后援也没有了。我们对于学生的忠告是：“单靠用罢课作武装是下下策，可一而再再而三的么？学生运动如果要想保存五四和六三的荣誉，只有一个法子，就是改变活动的方向，把五四和六三的精神用到学校内外有益有用的学生活动上去。”

我们讲的话，是很直率，但这都是我们的老实话。

祝贺女青年会

我常问自己：我们中国为什么糟到这步田地呢？

对于这个问题，自然各人有各人的聪明答案；但我的答案是：中国所以糟到这步田地，都是因为我们的老祖宗太对不住了我们的妇女。

我今年到内地旅行，看见内地的小脚妇女走路不像人，脸上没有人色，我忍不住对我的同伴说："我们这个民族真是罪孽深重！祖宗作的孽，子孙总得受报应。我们不知还要糟到什么困地呢！"

"把女人当牛马"，这句话还不够形容我们中国人待女人的残忍与惨酷。我们把女人当牛马，套了牛轭，上了鞍辔，还不放心，还要砍去一只牛蹄，剁去两只马脚，然后赶他们去做苦工！

全世界的人类里，寻不出第二国有这样的野蛮制度！

圣贤经传，全没有拯救的功用。一千年的理学大儒，天天谈仁说义，却不曾看见他们的母妻姊妹受的惨无人道的痛苦。

忽然从西洋来了一些传教士。他们传教之外，还带来了一点新风俗，几个新观点。他们给了我们不少的教训，其中最大的一点是教我们把女人也当人看待。

新近去世的李立德夫人（Mrs.Arhibald Little）便是中国妇女解放的一个恩人，她是天足会的创始人。

这几十年中的妇女解放运动，可以说幸是西洋文明的影响。基督教女青年会便是一个最好的例。今年是女青年会成立二十年的纪念，我很诚恳地庆贺她们二十年来的种种成绩，并且祝她们继续做中国妇女解放运动的一个先锋。

女青年会是一个基督教的团体，同时又是一个社会服务的团体。社会服务便是宗教。中国的古人说："未能事人，焉能事鬼？"西洋的新风气也主张"服事人就是服事神"。谋个人灵魂的超度，希冀天堂的快乐，那都是自私自利的宗教。尽力于社会，谋人群的幸福，那才是真宗教。

"天国在人死后"，这是最早的宗教观念。

"天国在你心里"，这是一大革命。

"天国不在天上也不在人心里，是在人世间"，这是今日的新宗教趋势。大家努力，要使天国在人世实现这便是宗教。

我们盼望女青年会继续二十年光荣的遗风，用她们的宗教精神，不断地努力谋中国妇女的解放，谋中国家庭生活的改善。有一分努力，便有一分效果；减得一分苦痛，添得一分幸福，便是和天国接近一步。

眼前文化的趋向

今天我要讲的题目，发表出来的是“眼前文化的趋向”，后来我想了想恐怕要把题目修改几个字，这题目叫作“眼前世界文化的趋向”。“眼前世界文化的趋向”，有他的自然的趋向，也有他理想的方向，依着自然趋向，世界文化，在我们看起来，渐渐朝混合统一的方向，但是这统一混合自然的趋向当中，也可以看出共同理想的目标，现在我先谈谈自然的统一趋向：

自从轮船与火车出来之后，世界上的距离一天天缩短，地球一天天缩小，人类一天天接近，七十年前，有一部小说叫作“八十天环游全世界”，这还是一种理想。诸位还记得，今年（1947年）六月里，十九位美国报界领袖，坐了一只新造飞机，6月17日从纽约起飞，绕了全球一周，6月30日飞回纽约，在路共计十三天，飞了两万一千四百二十四英里

（约35000千米），而在飞行的时间不过一百点钟，等于四天零几点钟，更重要的，是传播消息，传播新闻，传播语言文字、传统思想的工具。电报的发明是第一步，海底电线的成功是第二步，电话的发明是第三步，无线电报与无线电话的成功是第四步。

有了无线电报无线电话，高山也挡不住消息，大海也隔不断新闻，战争炮火也截不断消息的流通。我们从前看过《封神榜》小说，诸位总是记得“千里眼，顺风耳”的故事。现在北平可以和南京通电话，上海可以同纽约通电话。人同人可以隔着太平洋谈话谈天，可以和六大洲通电报，人类的交通已远超过小说里面的“千里眼，顺风耳”的神话世界了！人类进步到了这个地步，文化的接触，文化的交换，文化的打通混合，就更有机会了，就更有可能了。

所以我们说，一百四十年的轮船，一百二十年的火车，一百年的电报，五十年的汽车，四十年的飞机，三十年的无线电报——这些重要的交通工具，在区区一百年之内，把地面更缩小了，把种种自然的阻隔物都打破了，使各地的货物可以流通，使东西南北的人可以往来交通。使各色各样的风俗习惯，信仰思想，都可以彼此接触，彼此了解，彼此交换。这一百多年，民族交通，文化交流的结果，已经渐渐的造成了一种混同的世界文化。

以我们中国来说，无论在都市，在乡村，都免不了这个世界文化的影响。电灯，电话，自来水，公路上的汽车，铁路上的火车，电报，无线电广播，电影，空中飞来飞去的飞机，这都是世界文化的一部分。不用说了，纸烟卷里的烟草，机器织的布，机器织的毛巾，记算时间的钟表，也都是世界文化的一部分。甚至于我们人人家里自己园地种的大豆，老玉米，也都是世界文化的一部分。大豆是中国的土产，现在已成为世界上最有用的一种植物了。老玉米是美洲的土产，在四五百年当中，传遍了全世界，久已成为全世界公用品，很少人知道他是从北美来的。

反过来看，在世界别的角落里，在欧洲美洲的都市与乡村里，我们也可以随地看见许多中国的东西变成了世界文化的一部分，中国的瓷器，中国的铜器，中国画，中国雕刻，中国刻丝，中国刺绣，是随地可以看见的，人人喝的茶叶是中国去的，橘子、菊花是中国去的，桐油是全世界工业必不可少的，中国春天最早开的迎春花，现在已成为西方都市与乡村最常见的花了，西方女人最喜欢的白茶花、栀子花，都是中国去的，西方家园里，公园里，我们常看见的藤萝花、芍药花、丁香花、玉兰花，也都是中国去的。

文化的交流，文化的交通，都是自由挑选的，这里面有一个大原则，就是“以其所有，易其所无，交易而退，各得其所”。释成白话是“我要什么，我挑什么来，他要什么，他挑什么去”。老玉米现在传遍世界，难道是洋枪大炮逼我们种的么。桐油，茶叶，传遍了世界，也不是洋枪大炮来抢去的，小的小到一朵花一个豆，大的大到经济、政治、学术思想，都逃不了这个文化自由选择、自由流通的大趋向。三四百年的世界交通，使各色各样的文化有个互相接近的机会，互相接近了，才可以互相认识，互相了解，才可以自由挑选，自由采用。

今日的世界文化就是这样自然的形成，这是我说的第一句话。

我要说的第二句话是“眼前的世界文化”。在刚才说过的自由挑选的自然趋向之下，还可以看出几个共同的大趋向，有几个共同的理想目标，这几个理想的目标是世界上许多圣人提倡的，鼓吹的。几个改造世界的大方向，经过了几百年的努力，几百年的宣传，现在差不多成了文明国家共同努力的目标了。到现在是有哪些世界文化共同的理想目标呢，总括起来共有三个：

第一，用科学的成绩解除人类的痛苦，增进人生的幸福。

第二，用社会化的经济制度来提高人类的生活，提高人类生活的程度。

第三，用民主的政治制度来解放人类的思想，发展人类的才能，造成自由的独立的人格。

先说第一个理想，用科学的成果来增进人生的幸福，减除人生的痛苦。

这个世界文化的最重要成分是三四百年的科学成绩。有些悲观的人，看了两次世界大战，尤其是看了最近几年的第二次世界大战，他们常常说，科学是杀人的利器，是毁灭世界文化的大魔王。他们投了两个原子弹毁灭了日本两个大城市，杀了几十万人，他们就想象将来的世界大战一定要把整个世界文明都毁灭完了，所以他们害怕科学，咒骂科学。这种议论是错误的。在一个大战争的时期，为了国家的生存，为了保存人类文明，为了缩短战争，科学不能不尽他的最大努力，发明有力量的武器，如第二次大战争里双方发明的种种可怕武器。但这种战时工作，不是科学的经常工作，更不是科学的本意，科学的正常使命是充分运用人的聪明才智来求真理，求自然界的定律，要使人类能够利用这种真理这种定律来管理自然界种种事物力量，譬如叫电气给我们赶车，叫电波给我们送信，这才是科学的本分，这才是利用科学的成果来增进人生的幸福。

这几百年来的科学成绩，却是朝着这个方向做去的，无数聪明才智的人，抱着求真理的大决心，终身埋头在科学实验室里，一点一滴的研究，一步一步的进步，几百年继续不断的努力，发明了无数新事实，新理论，新定律，造成了人类历史上空前的一个科学新世界。在这个新世界里，人类的病痛减少了，人类的传染病在文明国家里差不多没有了，平均寿命延长了几十年。科学的成果应用到工业技术上造出了种种替代人工的机器，使人们可以减轻工作的劳力，增加工作的效能，使人们可以享受无数机械的奴隶服侍。总而言之：科学文明的结果使人类痛苦减除，寿命延长，增加生产，提高生活。

因为科学可以减除人类的痛苦，提高人生的幸福，所以现代世界文化的第一个理想目标是充分发展科学，充分利用科学，充分利用科学的成果来改善人们的生活。近世科学虽然是欧洲产生的，但在最近三十年中，科学的领导地位，已经渐渐地从欧洲转到美国了。科学是没有国界的，科学是世界公有的，只要有人努力，总可以有成绩，所以新起来的国家如日本，如苏联，如印度，如中国，有一分的努力就可以有一分的科学成绩，我希望我们在世界文化上有这种成分。其次谈到第二个理想标准，用社会化的经济制度来提高生活程度。

我特别用“社会化的经济制度”一个名词。“社会化的经济制度”就是要顾到社会大多数人民的利益的经济制度。最近几十年的世界历史有一个很明显的方向，就是无论在社会主义的国家，或在资本主义的国家，财产权已经不是私人的一种神圣不可侵犯的人权了，社会大多数人的利益是一切经济制度的基本条件。美国、英国号称资本主义的国家，但他们都有级进的所得税和遗产税。前四年的英国所得税，每年收入在一万镑的人，要抽百分之八十，而每年收入在二百五十镑以下的人，只抽百分之三的所得税。同年美国所得税率，单身人（没有结婚的）每年收入一千元的，只抽一百零七元；每年收入一百万元的，要抽八十九万九千五百元，等于百分之九十的所得税。这样的经济制度，一方面并不废除私有财产和自由企业，一方面节制资本。征收级进的所得税，供给全国的用度，同时还可以缩短贫富的距离。这样的经济制度可以称为“社会化的”。此外，如保障劳工组织，规定最低工资，限制工作时间，用国家收入来救济失业者，这都是“社会化”的立法。英国民族在各地建立的自治新国家，如澳洲，如纽西兰，近年来都是工党当国，都倾向于社会主义的经济立法。英国本身最近在工党执政之下，也是更明显的推行经济制的社会化。美国在罗斯福总统的十三年的“新法”政治之下，也推行了许多“社会化”的经济政策。至于北欧、西欧的许多民主国家，如瑞典、丹麦、挪威，都是很早就在实行各种社会化的立法的国家。

这种很明显的经济制度的社会化，是世界文化的第二个共同的理想目标。我们中国本来有“不患贫而患不均”的传统思想，我们更应该朝这个方面多多的努力，才可以在经济世界文化上占一个地位。

最后，世界文化还有第三个共同的理想目标，就是民主的政治制度。

有些人听了我这句话，也许要笑我说错了，他们说最近三十年来，民主政治已不时髦了，时髦的政治制度是一个代表劳农阶级的少数党专政，铲除一切反对党，用强力来统治大多数的人民。个人的自由是资本主义的遗产，是用不着的。阶级应该有自由，个人应该牺牲自由，以谋阶级的自由。这一派的理论在眼前的世界里，代表一个很有力的大集团。而胡适之偏要说民主政治是文化的一个共同的理想目标，这不是大错了吗？

我不承认这种批评是对的。我是学历史的人，从历史上来看世界文化的趋向，那民主自由的趋向是三四百年来的一个最大目标，一个最明白的方向。最近三十年的反自由、反民主的集体专制的潮流，在我个人看来，不过是一个小小的波折，一个小小的逆流。我们可以不必因为中间起了这一个三十年的逆流，就抹杀那三百年的民主自由大潮流，大方向。

俄国的大革命，在经济方面要争取劳农大众的利益，那是我们同情的。可是阶级斗争的方法，造成了一种不容忍、反自由的政治制度，我认为那是历史上的一件大不幸的事。

我们纵观这三十年的世界历史，只看见那些模仿这种反自由、不容忍的专制制度一个一个的都被打倒了，都毁灭了。今日的世界，无论是在老文明的欧洲，或是在新起的亚洲，都还是朝着争民主、争自由的大方向走。

所以我毫不迟疑的说：世界文化的第三个理想目标是争取民主，争取更多更合理的民主。

有些人看见现在世界上有两个大集团的对立，“两个世界”的明朗化，就以为“第三次世界大战”祸不久即将来临了。将来胜败不知如何，我们不要押错了宝，将来后悔无及！

贞操问题

一

周作人先生所译的日本与谢野晶子的“贞操论”（《新青年》四卷五号），我读了很有感触。这个问题，在世界上受了几千年无意识的迷信，到近几十年中，方才有些西洋学者正式讨论这问题的真意义。文学家如易卜生的“群鬼”和Thomas Hardy的“苔丝”（Tess），都带着讨论这个问题。如今家庭专制最厉害的日本居然也有这样大胆的议论！这是东方文明史上一件极可贺的事。

当周先生翻译这篇文字的时候，北京一家很有价值的报纸登出一篇恰相反的文章。这篇文章是海宁朱尔迈的《会葬唐烈妇记》（七月二十三四日北京《中华新报》）。上半篇写唐烈妇之死如下：

唐烈妇之死，所阅灰水，钱卤，投河，雉经者五，前后绝食者三；又益之以砒霜，则其亲试乎杀人之方者凡九。自除夕上溯其夫亡之夕，凡九十有八日。夫以九死之惨毒，又历九十八日之长，非所称百挫千折有进而无退者乎？……

下文又借出一件“俞氏女守节”的事来替唐烈妇作陪衬：女年十九，受海监张氏聘，未于归，夫夭，女即绝食七日；家人劝之力，始进糜日，“吾即生，必至张氏，宁服丧三年，然后归报地下。”

最妙的是朱尔迈的论断：嗟乎，俞氏女盖闻热妇之风而兴起者乎？……俞氏女果能死于绝食七日之内，岂不甚幸？乃为家人阻之，俞氏女亦以三年为己任，余正恐三年之间，凡一千八十日有奇，非如烈妇之九十八日也。且绝食之后，其家人防之者百端……虽有死之志，而无死之间，可奈何？烈妇倘能阴相之以成其节，风化所关，猗欤盛矣！

这种议论简直是全无心肝的贞操论。俞氏女还不曾出嫁，不过因为信了那种荒谬的贞操迷信，想做那“青史上留名的事”，所以绝食寻死，想做烈女。这位朱先生要维持风化，所以忍心巴望那位烈妇的英灵来帮助俞氏女赶快死了，“岂不甚幸”！这种议论可算得贞操迷信的极端代表。《儒林外史》里面的王玉辉看他女儿殉夫死了，不但不哀痛，反仰天大笑道："死得好！死得好！"（五十二回）王玉辉的女儿殉已嫁之夫，尚在情理之中。王玉辉自己"生这女儿为伦纪生色"，他看他女儿死了反觉高兴，已不在情理中了。至于这位朱先生巴望别人家的女儿替他未婚夫做烈女，说出那种"盛哉"的全无心肝的话，可不是贞操迷信的极端代表吗？

贞操问题之中，第一无道理的，便是这个替未婚夫守节和殉烈的风俗。在文明国里，男女用自由意志，由高尚的恋爱，订了婚约，有时男的或女的不幸死了，剩下的那一个因为生时爱情太深，故情愿不再婚嫁。这是合情理的事。若在婚姻不自由之国，男女订婚以后，女的还不知男的面长面短，有何情爱可言？不料竟有一种陋儒，用"青史上留名的事"来鼓励无知女儿做烈女，"为伦纪生色""风化所关，猗欤盛矣！"我以为我们今日若要作具体的贞操论，第一步就该反对这种忍心害理的烈女论，要渐渐养成一种舆论，不但永不把这种行为看作"盛矣"可旌表褒扬的事，还要公认这是不合人情，不合天理的罪恶；还要公认劝人做烈女，罪等于故意杀人。

这不过是贞操问题的一方面。这个问题的真相，与谢野晶子已经说得很明白了。他提出几个疑问，内中有一条是："贞操是否单是女子必要的道德，还是男女都必要的呢？"这个疑问，在中国更为重要。中国的男子要他们的妻子替他们守贞守节，他们自己却公然嫖妓，公然纳妾，公然"吊膀子”。再嫁的妇人在社会上几乎没有社交的资格；再婚的男子，多妻的男子，却一毫不损失他们的身份，这不是最不平等的事吗？怪不得古人要请“周婆制礼”来补救“周公制礼”的不平等了。

我不是说，因为男子嫖妓，女子便该偷汉；也不是说，因为老爷有姨太太，太太便该有姨老爷。我说的是，男子嫖妓，与妇人偷汉，犯的是同等的罪恶；老爷纳妾，与太太偷人，犯的也是同等的罪恶。

为什么呢？因为贞操不是个人的事，乃是人对人的事；不是一方面的事，乃是双方面的事。女子尊重男子的爱情，心思专一，不肯再爱别人，这就是贞操。贞操是一个“人”对别一个“人”的一种态度。因为如此，男子对于女子，也该有同等的态度，若男子不能照样还敬，他就是不配受这种贞操的待遇。这并不是外国进口的妖言，这乃是孔丘说的“己所不欲，勿施于人”。孔丘说：

> 君子之道四，丘未能一焉：所求乎子以事父，未能也；所求乎臣以事君，未能也；所求子弟以事兄，未能也；所求乎朋友，先施之，未能也。

孔丘五伦之中，只说了四伦，未免有点欠缺。

他理该加上一句道：所求乎吾妇，先施之，未能也。

这才是大公无私的圣人之道！

二

我这篇文字刚才做完，又在上海报上看见陈烈女殉夫的事。今先记此事大略如下：陈烈女名宛珍，绍兴县人，三世居上海。年十七，字王远甫之子菁士。菁士于本年三月二十三日病死，年十八岁。陈女闻死耗，即沐浴更衣，潜自仰药。其家人觉察，仓皇施救，已无及。女乃潸然日："儿志早决。生虽未获见夫，殁或相从地下……"言讫，遂死，死时距其未婚夫之死仅三时而已。（此据上海绍兴同乡会所出征文启）

过了两天，又见上海县知事呈江苏省长请予褒扬的呈文，中说：

> 呈为陈烈女行实可风，造册具书证明，请予接例褒扬事。……（事实略）……兹据呈称……并开具事实，附送褒扬费银六元前来。……知事复查无异。除先给予"贞烈可风"匾额，以资旌表外，谨援《褒扬条例》……之规定，造具清册，并附证明书，连同褒扬费，一并构文呈送；仰祈鉴核，俯赐咨行内务部将陈烈女接例褒扬，实为德便。

我读了这篇呈文，方才知道我们中华民国居然还有什么《褒扬条例》。于是我把那些条例寻来一看，只见第一条九种可褒扬的行谊的第二款便是“妇女节烈贞操可以风世者”；第七款是“着述书籍制造器用，于学术技艺或发明或改良之功者”；第九款是“年逾百岁者”！一个人偶然活到了一百岁，居然也可以与学术技艺上的著作发明享受同等的褒扬！这已是不伦不类可笑得很了。再看那条例施行细则解释第一条第二款的“妇女节烈贞操可以风世者”如下：

第二条：《褒扬条例》第一条第二款所称之“节”妇，其守节年限自三十岁以前守节至五十岁以后者。但年末五十而身故，其守节已及六年者同。

第三条：同条款所称之“烈”妇“烈”女，凡遇强暴不从致死，或羞愤自尽，及夫亡殉节者，属之。

第四条：同条款所称之“贞”女，守贞年限与节妇同。其在夫家守贞身故，及未符年例而身故者，亦属之。

以上各条乃是中国贞操问题的中心点。第二条褒扬“自三十岁以前守节至五十岁以后”的节妇，是中国法律明明认为三十岁以下的寡妇不该再嫁；再嫁为不道德。第三条褒扬“夫亡殉节”的烈妇烈女，是中国法律明明鼓励妇人自杀以殉夫；明明鼓励未嫁女子自杀以殉未嫁之夫。第四条褒扬未嫁女子替未婚亡夫守贞二十年以上，是中国法律明明说未嫁而丧夫的女子不该再嫁人；再嫁便是不道德。

这是中国法律对于贞操问题的规定。

依我个人的意思看来，这三种规定都没有成立的理由。

第一，寡妇再嫁问题。

这全是一个个人问题。妇人若是对他已死的丈夫真有割不断的情义，他自己不忍再嫁；或是已有了孩子，不肯再嫁；或是年纪已大，不能再嫁；或是家道殷实，不愁衣食，不必再嫁，——妇人处于这种境地，自然守节不嫁。还有一些妇人，对他丈夫，或有怨心，或无恩意，年纪又轻，不肯抛弃人生正当的家庭快乐；或是没有儿女，家又贫苦，不能度日：——妇人处于这种境遇没有守节的理由，为个人计，为社会计，为人道计，都该劝他改嫁。贞操乃是夫妇相待的一种态度。夫妇之间爱情深了，恩谊厚了，无论谁生谁死，无论生时死后，都不忍把这爱情移于别人，这便是贞操。夫妻之间若没有爱情恩意，即没有贞操可说。若不问夫妇之间有无可以永久不变的爱情，若不问做丈夫的配不配受他妻子的贞操，只晓得主张做妻子的总该替他丈夫守节；这是一偏的贞操论，这是不合人情公理的伦理。再者，贞操的道德，“照各人境遇体质的不同，有时能守，有时不能守；在甲能守，在乙不能守。”（用与谢野晶子的话）若不问个人的境遇体质，只晓得说“忠臣不事二君，烈女不更二夫”；只晓得说“饿死事极小，失节事极大”（用程子语）；这是忍心害理，男子专制的贞操论。——以上所说，大旨只要指出寡妇应否再嫁全是个人问题，有个人恩情上，体质上，家计上种种不同的理由，不可偏于一方面主张不近情理的守节。因为如此，故我极端反对国家用法律的规定来褒扬守节不嫁的寡妇。褒扬守节的寡妇，即是说寡妇再嫁为不道德，即是主张一偏的贞操论。法律既不能断定寡妇再嫁为不道德，即不该褒扬不嫁的寡妇。

第二，烈妇殉夫问题。

寡妇守节最正当的理由是夫妇间的爱情。妇人殉夫最正当的理由也是夫主妇间的爱情。爱情深了，生离尚且不能堪，何况死别？再加以宗教的迷信，以为死后可以夫妇团圆。因此有许多妇人，夫死之后，情愿杀身从夫于地下。这个不属于贞操问题。但我以为无论如何，这也是个人恩爱问题，应由个人自由意志去决定。无论如何，法律总不该正式褒扬妇人自杀殉夫的举动。一来呢，殉夫既由于个人的恩爱，何须用法律来褒扬鼓励？二来呢，殉夫若由于死后团圆的迷信，更不该有法律的褒扬了。三来呢，若用法律来褒扬殉夫的烈妇，有一些好名的妇人，便要借此博一个“青史留名”；是法律的褒扬反发生一种沽名钓誉，作为不诚的行为了！

第三，贞女烈女问题。

未嫁而夫死的女子，守贞不嫁的，是“贞女”；杀身殉夫的，是“烈女”。我上文说过，夫妇之间若没有恩爱，即没有贞操可说。依此看来，那未嫁的女子，对于他丈夫有何恩爱？既无恩爱，更有何贞操可守？我说到这里，有个朋友驳我道：“这话别人说了还可，胡适之可不该说这话。”为什么呢？你自己曾做过一首诗，诗里有一段道：

我不认得他，他不认得我，我却常念他，这是为什么？

岂不因我们，分定常相亲？由分生情意，所以非路人。

海外土生子，生不识故里，终有故乡情，其理亦如此。

依你这诗的理论看来，岂不是已订婚而未嫁娶的男女因为名分已定，也会有一种情意。既有了情意，自然发生贞操问题。你于今又说未婚嫁的男女没有恩爱，故也没有贞操可说，可不是自相矛盾吗？

我听了这番驳论，几乎开口不得。想了一想，我才回答道：我那首诗所说名分上发生的情意，自然是有的；若没有那种名分上的情意，中国的旧式婚姻绝不能存在。如旧日女子听人说他未婚夫的事，即面红害羞，即留神注意，可见他对他未婚夫实有这种名分上所发生的情谊。但这种情谊完全属于理想的。这种理想的情谊往往因实际上的反证，遂完全消灭。如女子悬想一个可爱的丈夫，及到嫁时，只见一个极下流不堪的男子，他如何能坚持那从前理想中的情谊呢？我承认名分可以发生一种情谊，我并且希望一切名分都能发生相当的情谊。但这种理想的情谊，依我看来实在不够发生终身不嫁的贞操，更不够发生杀身殉夫的节烈。即使我更让一步，承认中国有些女子，例如吴趼人《恨海》里那个浪子的聘妻，深中了圣贤经传的毒，由名分上真能生出极浓挚的情谊，无论他未婚夫如何淫荡，人格如何堕落，依旧贞一不变。试问我们在这个文明时代。是否应该赞成提倡这种盲从的贞操？这种盲从的贞操，只值得一句“其愚不可及也”的评论，却不值得法律的褒扬。法律既许未嫁的女子夫死再嫁，便不该褒扬处女守贞。至于法律褒扬无辜女子自杀以殉不曾见面的丈夫，那更是男子专制时代的风俗，不该存在于现今的世界。

总而言之，我对于中国人的贞操问题，有三层意见。

第一，这个问题，从前的人都看作“天经地义”，一味盲从，全不研究“贞操”两字究竟有何意义。我们生在今日，无论提倡何种道德，总该想想那种道德的真意义是什么。《墨子》说得好：

> 子墨子问于儒者曰：“何故为乐？”曰：“乐以为乐也。”子墨子曰：“子未我应也。今我问曰：‘何故为室？’曰：‘冬避寒焉，夏避暑焉，室以为男女之别也，’则子告我为室之故矣。今我问曰：‘何故为乐？’曰：‘乐以为乐也。’是犹曰：‘何故为室？’曰：‘室以为室也。’”（《公孟》篇）

今试问人“贞操是什么？”或“为什么你褒扬贞操？”

他一定回答道："贞操就是贞操。我因为这是贞操，故褒扬他。"这种"室以为室也"的论理，便是今日道德思想宣告破产的证据。故我做这篇文字的第一个主意只是要大家知道"贞操"这个问题并不是"天经地义"，是可以彻底研究，可以反复讨论的。

第二，我以为贞操是男女相待的一种态度，乃是双方交互的道德，不是偏于女子一方面的。由这个前提，便生出几条引申的意见：（一）男子对于女子，丈夫对于妻子，也应有贞操的态度；（二）男子做不贞操的行为，如嫖妓娶妾之类，社会上应该用对待不贞妇女的态度来对待他；（三）妇女对于无贞操的丈夫，没有守贞操的责任；（四）社会法律既不认嫖妓纳妾为不道德，便不该褒扬女子的"节烈贞操"。

第三，我绝对的反对褒扬贞操的法律。我的理由是：

（一）贞操既是个人男女双方对待的一种态度，诚意的贞操是完全自动的道德，不容有外部的干涉，不须有法律的提倡。

（二）若用法律的褒扬为提倡贞操的方法，势必造成许多沽名钓誉，不诚实，无意识的贞操举动。

（三）在现代社会，许多贞操问题，如寡妇再嫁，处女守贞，等等问题的是非得失，却都还有讨论余地，法律不当以武断的态度制定褒贬的规条。

（四）法律既不奖励男子的贞操，又不惩男子的不贞操，便不该单独提倡女子的贞操。

（五）以近世人道主义的眼光看来，褒扬烈妇烈女杀身殉夫，都是野蛮残忍的法律，这种法律在今日没有存在的地位。

民国七年七月

论贞操问题——答蓝志先

先生对于这个问题共分五层。第一层的大意是说：夫妇关系，爱情虽是极重要的分子，却不是唯一的条件。……贞操虽是对待的要求，却并不是以爱情有无为标准，也不能仅看做当事者两个人的自由态度。……因为爱情是盲目而极易变化的。这中间须有一种强迫的制裁力。……爱情之外，尚当有一种道德的制裁。简单说来，就是两方应当尊崇对手的人格。……爱情必须经过道德的洗炼，使感情的爱变为人格的爱，方能算真爱。……夫妇关系一旦成立以后，非一方破弃道德的制裁，或是生活上有不得已的缘故，这关系断断不能因一时感情的好恶随便可以动摇。贞操即是道德的制裁、人格的义务中应当强迫遵守之一。破弃贞操是道德上一种极大罪恶，并且还毁损对手的人格，绝不可以轻恕的。

这一层的大旨，我是赞成的。我所讲的爱情，并不是先生所说盲目的又极易变化的感情的爱。人格的爱虽不是人人都懂得的（这话先生也曾说过），但平常人所谓爱情，也未必全是肉欲的爱；这里面大概总含有一些“超于情欲的分子”，如共同生活的感情，名分的观念，儿女的牵系，等等。但是这种种分子，总还要把异性的恋爱做一个中心点。夫妇的关系所以和别的关系（如兄弟姊妹朋友）不同，正因为有这一点异性的恋爱在内。若没有一种真挚专一的异性的恋爱，那么共同生活便成了不可终日的痛苦，名分观念便成了虚伪的招牌，儿女的牵系便也和猪狗的母子关系没有大分别了。我们现在且不要悬空高谈理想的夫妇关系，且仔细观察最大多数人的实际夫妇关系究竟是什么样子。我以为我们若从事实上的观察作根据，一定可以得到这个断语：夫妇之间的正当关系应该以异性的恋爱为主要元素；异性的恋爱专注在一个目的，情愿自己制裁性欲的自由，情愿永久和他所专注的目的共同生活，这便是正当的夫妇关系。人格的爱，不是别的，就是这种正当的异性恋爱加上一种自觉心。

我和先生不同的论点，在于先生把“道德的制裁”和“感情的爱”分为两件事，所以说“爱情之外尚当有一种道德的制裁”。我却把“道德的制裁”看作即是那正当的、真挚专一的异性恋爱。若在“爱情之外”别寻夫妇间的“道德”，别寻“人格的义务”，我觉得是不可能的了。所以我赞成先生说的“夫妇关系一旦成立以后，非一方破弃道德的制裁（即是我所谓‘真一的异性恋爱’），或是生活上有不得已的缘故（如寡妇不能生活，或鳏夫不能抚养幼小儿女），这关系断断不能因一时感情的好恶随便可以动摇。”我虽赞成这个结论，却不赞成先生说的“贞操并不是以爱情有无为标准”。因为我所说的“贞操”即是异性恋爱的真挚专一。没有爱情的夫妇关系，都不是正当的夫妇关系，只可说是异性的强迫同居！既不是正当的夫妇，更有什么贞操可说?

先生所说的“尊重人格”，固然是我所极赞成的。但是夫妇之间的“人格问题”，依我看来只不过是真一的异性恋爱加上一种自觉心。中国古代所说“夫妇相敬如宾”的“敬”字便含有尊重人格的意味。人格的爱情，自然应该格外尊重贞操。但是人格的观念，根本上研究起来，实在是超于平常人心里的“贞操”观念的范围以外。平常人所谓“贞操”，大概指周作人先生所说的“信实”，我所说的“真一”，和先生所说的“一夫一妇”。但是人格的观念有时不限于此。先生屡用易卜生的“娜拉”为例。即以此戏看来，郝尔茂对于娜拉并不曾违背“贞操”的道德。娜拉弃家出门，并不是为了贞操问题，乃是为了人格问题，这就可见人格问题是超于贞操问题了。

先生又极力攻击自由恋爱和容易的离婚。其实高尚的自由恋爱，并不是现在那班轻薄少年所谓自由恋爱，只是根据“尊重人格”一个观念。我在美洲也曾见过这种自由恋爱的男女，觉得他们真能尊重彼此的人格。这一层周作人先生已说过了，我且不多说。至于容易的离婚，先生也不免有点误解。我从前在《美国的妇人》一篇里曾有一节论美国多离婚案之故道：……自由结婚的根本观念就是要夫妇相敬相爱，先有精神上的契合，然后可以有形体上的结婚。不料结婚之后，方才发现从前的错误，方才知道他们两人绝不能有精神上的爱情；既不能有精神上的爱情，若还依旧同居，不但违背自由结婚的原理，并且必至于坠落各人的人格。所以离婚案之多，未必全由于风俗的败坏，也未必不由于个人人格的尊贵。

所以离婚的容易，并不是一定就可以表示不尊重人格。这又可见人格的问题超于平常的贞操观念以外了。

先生第二层的意思，已有周作人先生的答书了，我本可以不加入讨论，但是我觉得这一段里面有一个重要观念，是哲学上的一个根本问题，故不得不提出讨论。先生不赞成与谢野夫人把贞操看作一种趣味信仰洁癖，不当他是道德。先生是个研究哲学的人，大概知道“道德”本可当作一种信仰，一种趣味，一种洁癖。中国的孔丘也曾两次说“吾未见好德如好色者也”。他又说“知之者不如好之者，好之者不如乐之者”。这种议论很有道理，远胜于康德那种“绝对命令”的道德论。道德教育的最高目的是要人人都能自然行善去恶，“如恶恶臭，如好好色”一般。西洋哲学史上也有许多人把道德观念当作一种美感的。要是人人都能把道德当作一种趣味，一种美感，岂不很好吗？

先生第三层的大意是说我不应该“把外部的制裁一概抹杀”。先生所指的乃是法律上消极的制裁，如有夫有妇奸罪等等。这都是刑事法律的问题，自然不在我所抹杀的“外部干涉”之内，我不消申明了。

先生第四层论续娶和离婚的限制，我也可以不辩。

先生第五层论共妻和自由恋爱。我的原文里并没有提到这两个问题，《新青年》的同人也不会有提倡这两种问题，本可以不辩。况且周作人先生已有答书提起这一层，我在上文也略提到自由恋爱。我觉得先生对于这两个问题，未免有点“笼统”的攻击，不曾仔细分析主张这种制度的人心理和品格。因此我且把先生反对这种人的理由略加讨论。

一、先生说，“夫妇的平等关系，是人格的平等，待遇的平等，不是男女做同样的事才算平等。”这话固然不错。男女不能做完全同样的事，这是人所共知的。但是有许多事是男女都能做的。古来相传的家庭制度，把许多极繁琐的事看作妇人的天职：有钱的人家固然可以雇人代做，但是中人以下的人家，这是做不到的；因此往往有可造就的女子人才竟被家庭事务埋没了，不能有机会发展她的个性的才能。欧美提倡废家庭制度的人，大多数是自食其力的美术家和文人。这一派人所以反对家庭，正因为家庭的负担有碍于他们才性的自由发展。还有那避孕的行为，也是为此。先生说他们的流弊可以“把一切文明事业尽行推翻”，未免太过了。

二、先生说“妇女解放是解放人格，不是解放性欲。”

学者的提倡共妻制度（如柏拉图所说），难道是解放性欲吗？还有那种有意识的自由恋爱，据我所见，都是尊重性欲的制裁的。无制裁的性欲，不配称恋爱，更不配称自由恋爱。

三、先生论儿童归公家教养一段，理由很不充足。这种主张从柏拉图以来，大概有三种理由：甲、公家教养儿童，可用专门好手，功效可以胜过平常私家的教养，因为有无量数的父母都是不配教养子女的；乙、儿女乃是社会的分子，并不是你我的私产，所以教养儿童并不全是先生所说“自己应尽的义务”；丙、依分工互助的道理，有些愿意教养儿童的人便去替公家教养儿童，有些不愿意或不配教养儿童的人便去做旁的事业。先生说，“既说平等，为什么又要一种人来替你尽那不愿意教养儿童的义务呢？”他们并不说人人能力才性都平等（这种平等说是绝对不能成立的），他们也不要勉强别人做不愿意的事；他们只要各人分工互助，各人做自己愿意做的事。

四、先生又说共妻主义的大罪恶在于“拿极少数人的偏见来破坏人类精神生活上万不可缺的家庭制度”。这话固然有理，但是我们革新家不应该一笔抹杀“极少数人的偏见”；我们应该承认这些极少数人有自由实验他所主张的权力。

五、先生说“共妻主义实际上是把妇女当作机械牛马”。这话未免冤枉共妻主义的人了。我手头没有近代主张共妻的书，我且引柏拉图的《共和国》（Republic，458—

459）中论公妻的一节为证：假定你做了（这个理想国的）立法官，既然选出了那些最好的男子，就该选出一些最好的女子，要拣那些最配得上这些男子的，使他们男女同居公共的房子，同在一块用餐。他们都不许有自己的东西；他们同作健身的运动，同在一处养育长大。他们自然会被一种天性的必要（Necessity）牵引起来互相结合。我用“必要”一个字，不太强吗？

（答）不太强。你所谓“必要”自然不是几何学上的必要；这种必要只有有情的男女才知道的。

这种必要对于一般人类的效能比几何学上的必要还大的多咧。

是的。但是这种事的进行须要有秩序。在这个乐国里面，淫乱是该禁止的。

（答）应该如此。

你的主张是要使配偶成为最高洁神圣的，要使这种最有益的配偶成为最高洁神圣的吗？

（答）正是。

这就可见古代的共妻论已不会把妇女当作机械牛马一样看待。近世个性发展，女权伸张，远胜古代，要是共妻主义把妇女看作机械牛马，还能自成一说吗？至于先生把自由恋爱解作“两方同意性欲关系即随便可以结合，不受何等制限”，这也不很公平。世间固然有一种“放纵的异性生活”装上自由恋爱的美名。但是有主义的自由恋爱也不能一笔抹杀。古今正式主张自由恋爱的人，大概总有一种个性的人生观，绝不是主张性欲自由的。最著名的先例是William Godwim和Mary Wollstoncraft的关系。Godwin最有名的著作Poitical Justice是主张自由恋爱最早的一部书。他后来遇见那位女界的怪杰Mary Wolstonraf，居然实行他们理想中的恋爱生活。Godwin书中曾说自由恋爱未必就有“乱淫”的危险，因为人类的通性总会趋向一个伴侣，不爱杂交；再加上朋友的交情，自然会把粗鄙的情欲变高尚了。即使让一步，承认自由恋爱容易解散，这也未必一定是最坏的事。论者只该问这一桩离散是有理无理，不该问离散是难是易。最近北京有一家夫妇不和睦，丈夫对他妻子常用野蛮无理的行为，后来他妻子跑回母家去了，不料母家的人说她是弃妇，瞧不起她，她受不过这种嘲笑，只好含羞忍辱回她夫家去受她丈夫的虐待！这种婚姻可算得不容易离散了，难道比容易解散的自由恋爱更好吗？自由恋爱的离散未必全由于性欲的厌倦，也许是因为人格上有不能再同居的理由。他们既然是人格的结合，——有主张的自由恋爱应该是人格的结合！——如今觉得继续同居有妨碍于彼此的人格，自然可以由两方自由解散了。

以上答先生的第五层，完全是学理的讨论；因为先生提到共妻和自由恋爱两种主张，故我也略说几句。我要正式声明，我并不是主张这两种制度的；不过我是一个研究思想史的人，所以对于无论那一种学说，总想寻出他的根据理由，我绝不肯“笼统”排斥他。

不老
——跋梁漱溟先生致陈独秀书

一、梁先生原信节录

仲甫先生：方才收到《新青年》六卷一号，看见你同陶孟和先生论我父亲自杀的事各一篇，我很感谢。为什么呢？因为凡是一件惹人注目的事，社会上对于他一定有许多思量感慨。当这用思兴感的时候，必不可无一种明确的议论来指导他们到一条正确的路上去，免得流于错误而不自觉。所以我很感谢你们作这种明确的议论。我今天写这信有两个意思：一个是我读孟和的论断似乎还欠明晰，要有所申论；一个是凡人的精神状况差不多都与他的思想有关系，要众人留意。……

诸君在今日被一般人指而目之为新思想家，哪里知道二十年前我父亲也是受人指而目之为新思想家的呀。那时候人都毁骂郭筠仙（嵩涛）信洋人讲洋务。我父亲同他不相识，独排众论，极以他为然。又常亲近那最老的外交家许静山先生去访问世界大势，讨论什么亲俄亲英的问题。自己在日记上说："倘我本身不能出洋留学，一定节省出钱来叫我儿子出洋。万事可省，此事不可不办。"大家总该晓得向来小孩子开蒙念书照规矩是《百家姓》《千字文》《四书五经》。我父亲竟不如此，叫那先生拿《地球韵言》来教我。我八岁时候有一位陈先生开了一个"中西小学堂"，便叫我去那里学起abcd来。到现在二十岁了，那人人都会背的《论语》《孟子》，我不但不会背，还是没有念呢！请看二十年后的今日还在那里压迫着小学生读经，稍为革废之论，即为大家所不容。没有过人的精神，能行之于二十年前么？我父亲有兄弟彭翼仲先生是北京城报界开天辟地的人，创办《启蒙画报》《京话日报》《中华报》等等。（《启蒙画报》上边拿些浅近科学知识讲给人听，排斥迷信，恐怕是北京人与"赛先生"相遇的第一次呢！）北京人都叫他"洋报"，没人过问，赔累不堪，几次绝望。我父亲典当了钱接济他，前后千金。在那借钱折子上自己批道："我们为开化社会，就是把这钱赔干净了也甘心。"我父亲又拿鲁国漆室女倚门而叹的故事编了一出新戏叫作"女子爱国"。其事距今有十四五年了，算是北京新戏的开创头一回。戏里边便是把当时认为新思想的种种改革的主张夹七夹八的去灌输给听戏的人。平日言谈举动，在一般亲戚朋友看去，都有一种生硬新异的感觉，抱一种老大不赞成的意思。当时的事且不再叙，去占《新青年》的篇幅了。然而到了晚年，就是这五六年，除了合于从前自己主张的外，自己常很激烈的表示反对新人物新主张（于政治为尤然）。甚至把从前所主张的，如申张民权排斥迷信之类，有返回去的倾向。不但我父亲如此，我的父执彭先生本是勇往不过的革新家，那一种破釜沉舟的气概，恐怕现在的革新家未必能及，到现在他的思想也是陈旧的很。甚至也有那返回去的倾向。当年我们两家虽都是南方籍贯，因为一连几代作官不曾回南，已经成了北京人。空气是异常腐败的。何以竟能发扬蹈厉去作革新的先锋？到现在的机会，要比起从前，那便利何止百倍，反而不能助成他们的新思想，却墨守成规起来，又何故呢？这便是我说的精神状况的关系了。当四十岁时，人的精神充裕，那一到过人的精神便显起效用来，于甚少的机会中追求出机会，摄取了知识，构成了思想，发动了志气，所以有那一番积极的作为。在那时代便是维新家了。到六十岁时，精神安能如昔？知识的摄取力先减了，思想的构成力也退了，所有的思想都是以前的遗留，没有那方兴未艾的创造，而外界的变迁却一日千里起来，于是乎就落后为旧人物了。因为所差的不过是精神的活泼，不过是创造的智慧，所以虽不是现在的新思想家，却还是从前的新思想家；虽没有今人的思想，却不像寻常人的没思想。况且我父亲虽然到了老年，因为有一种旧式道德家的训练，那颜色还是很好，目光极具有神，肌肉不瘠，步履甚健，样样都比我们年轻人还强。精神纵不如昔，还是过人。那神志的清明，志气的刚强，情感的真挚，真所谓老当益壮的了。对于外界政治上社会上种种不好的现象，他如何肯糊涂过去！使本着那所有的思想终日早起晏息的去做事，并且成了这自杀的举动。其间知识上的错误自是有的。然而不算事。假使拿他早年本有的精神遇着现在新学家同等的机会，那思想举动正未知如何呢！因此我又联想到何以这么大的中国，却只有一个《新青年》杂志，可以验国人的精神状况了！诸君所反复说之不已的，不过是很简单的一点意思，何以一般人就大惊小怪起来，又有一般人就觉得趣味无穷起来？想来这般人的思想构成力太缺了！然则这国民的“精神的养成”恐怕是第一大事了。我说精神状况与思想关系是要留意的一桩事，就是这个。

二、跋

漱溟先生这封信，讨论他父亲巨川先生自杀的事，使人读了都很感动。他前面说的一段，因陶先生已去欧洲，我们且不讨论。后面一段论“精神状况与思想有关系”一个问题，使我们知道巨川先生精神生活的变迁，使我们对于他老先生不能不发生一种诚恳的敬爱心。这段文章，乃是近来传记中有数的文字。若是将来的孝子贤孙替父母祖宗做传时，都能有这种诚恳的态度，写实的文体，解释的见地，中国文学也许发生一些很有文学价值的传记。

我读这一段时，觉得内中有一节很可给我们少年人和壮年人做一种永久的教训，所以我把他提出来抄在下面：“当四十岁时，人的精神充裕，那一副过人的精神便显起效用来，于甚少的机会中追求出机会，摄取了知识，构成了思想，发动了志气，所以有那一番积极的作为。在那时代便是维新家了。到六十岁时，精神安能如昔？知识的摄取力先减了，思想的构成力也退了，所有的思想都是以前的遗留，没有那方兴未艾的创造，而外界的变迁却一日千里起来，于是乎就落后成为旧人物了。”

我们少年人读了这一段，应该问自己道：“我们到了六七十岁时，还能保存那创造的精神，做那时代的新人物吗？”这个问题还不是根本问题。我们应该进一步，问自己道：“我们该用什么法子方才可使我们的精神到老还是进取创造的呢？我们应该怎么预备做一个白头的新人物呢？”

从这个问题上着想，我觉得漱溟先生对于他父亲平生事实的解释还不免有一点“倒果为因”的地方。他说，“到了六十岁时，精神安能如昔？知识的摄取力先减了，思想的构成力也退了。”这似乎是说因为精神先衰了，所以不能摄取新知识，不能构成新思想。但他下文又说巨川先生老年的精神还是过人，“真所谓老当益壮”。这可见巨川先生致死的原因不在精神先衰，乃在知识思想不能调剂补助他的精神。二十年前的知识思想绝不够培养他那二十年后“老当益壮”

的旧精神，所以有一种内部的冲突，所以竟致自杀。

我们从这个上面可得一个教训：我们应该早点预备下一些“精神不老丹”方才可望做一个白头的新人物。这个“精神不老丹”是什么呢？我说是永远可求得新知识新思想的门径。这种门径不外两条：一、养成一种欢迎新思想的习惯，使新知识新思潮可以源源进来；二、极力提倡思想自由和言论自由，养成一种自由的空气，布下新思潮的种子，预备我们到了七八十岁时，也还有许多簇新的知识思想可以收获来做我们的精神培养品。

今日的新青年！请看看二十年前的革命家！

我对于丧礼的改革

去年北京通俗讲演所请我讲演“丧礼改良”，讲演日期定在十一月二十七日。不料到了十一月二十四日，我接到家里的电报，说我的母亲死了。我的讲演还没有开讲，就轮着我自己实行“丧礼改良”了！

我们于二十五日赶回去。将动身的时候，有两个学生来见我，他们说：“我们今天过来，一则是送先生起身；二则呢，适之先生向来提倡改良礼俗，现在不幸遭大丧，我们很盼望先生能把旧礼大大的改革一番。”

我谢了他们的好意，就上车走了。

我出京之先，想到家乡印刷不便，故先把讣帖付印。讣帖如下式：“先母冯太夫人于中华民国七年十一月二十三日病殁于安徽绩溪上川本宅。敬此讣闻。胡觉、适谨告。”这个讣帖革除了三种陋俗：一是“不孝××等罪孽深重，不自殒灭，祸延显拟，”一派的鬼话。这种鬼话含有儿子有罪连带父母的报应观念，在今日已不能成立；况且现在的人心里本不信这种野蛮的功罪见解，不过因为习惯如此，不能不用，那就是无意识的行为。二是“孤哀子××等泣血稽颗”的套语。我们在民国礼制之下，已不“稽颗”，更不“泣血”，又何必自欺欺人呢？三是“孤哀子”后面排着那一大群的“降服子”“齐衰期服孙”“期”“大功”“小功”等等亲族，和“文泪稽首”“拭泪顿首”……等等有“谱”的虚文。这一大群人为什么要在讣闻上占一个位置呢？因为这是古代宗法社会遗传下来的风俗如此。现在我们既然不承认大家族的恶风俗，自然用不着列入这许多名字了。还有那从“泣血稽颡”到“拭泪顿首”一大串的阶级，又是因为什么呢？这是儒家“亲亲之杀”的流毒。因为亲疏有等级，故在纸上写一个“哭”字也要依着分等级的“谱”。我们绝对不承认哭丧是有“谱”的，故把这些有谱的虚文一概删去了。

我在京时，家里电报问“应否先殓”，我复电说“先殓”。我们到家时，已殓了七日了，衣裳棺材都已办好，不能有什么更动。我们徽州的风俗，人家有丧事，家族亲眷都要送锡箔，白纸，香烛；讲究的人家还要送“盘缎”，纸衣帽，纸箱担等件。锡箱和白纸是家家送的，太多了，烧也烧不完，往往等丧事完了，由丧家打折扣卖给店家。这种糜费，真是无道理。我到家之后，先发一个通告给各处有往来交谊的人家。通告上说：本宅丧事拟于旧日陋俗略有所改良，倘蒙赐吊，只领香一炷或挽联之类。此外如锡箔，素纸，冥器，盘缎等物，概不敢领，请勿见赐。伏乞鉴原。

这个通告随着讣帖送去，果然发生效力，竟没有一家送那些东西来的。

和尚，道士，自然是不用的了。他们怨我，自不必说。还有几个投机的人，预算我家亲眷很多，定做冥器盘缎的一定不少，故他们在我们村上新开一个纸扎铺，专做我家的生意。不料我把这东西都废除了，这个新纸扎铺只好关门。

我到家之后，从各位长辈亲戚处访问事实，——因为我去国日久，事实很模糊了，——做了一篇《先母行述》。我们既不“寝苫”，又不“枕块”，自然不用“苫块昏迷，语无伦次”等等诳语了。“棘人”两字，本来不通，（《诗·桧风·素冠》一篇本不是指三年之丧的，乃是怀人的诗，做有“聊与子同归”“聊与子如一”的话，素冠素衣也不过是与《曹风》“麻衣如雪”同类的话，未必专指丧服；“棘人”两字，棘训急，训瘠，也不过是“劳人”的意思；这一首很好的相思诗，被几个腐儒解作一篇丧礼论，真是可恨！）故也不用了。我做这篇《行述》，抱定一个说老实话的宗旨，故不免得罪了许多人。但是得罪了许多人，便是我说老实话的证据。文人做死人的传记，既怕得罪死人，又怕得罪活人，故不能不说谎，说谎便是大不敬。

讣闻出去之后，便是受吊。吊时平常的规矩是：外面击鼓，里面启灵帏，主人男妇举哀，吊客去了，哀便止了。这是作伪的丑态。古人“哀至则哭”，哭岂是为吊客哭的吗？因为人家要用哭来假装“孝”，故有大户人家吊客多了，不能不出钱雇人来代哭，我是一个穷书生，那有钱来雇人代我们哭？所以我受吊的时候，灵帏是开着的，主人在帏里答谢吊客，外面有子侄辈招待客人；哀至即哭，哭不必做出种种假声音，不能哭时，便不哭了，绝不为吊客做出举哀的假样子。

再说祭礼。我们徽州是朱子、江慎修、戴东原、胡培翠的故乡，代代有礼学专家，故祭礼最讲究。我做小孩的时候，也不知看了多少次的大祭小祭。祭礼很繁，每一个条，总得要两三个钟头；祠堂里春分冬至的大祭，要四五点钟。我少时听见秀才先生们说，他们半夜祭春分冬至，跪着读祖宗谱，一个人一本，读“某某府君，某某孺人”，灯光又不明，天气又冷，石板的地又冰又硬，足足要跪两点钟！他们为了祭包和胙肉，不能不来鬼混念一遍。这还算是宗法社会上一种很有意味的仪节，最怪的，是人家死了人，一定要请一班秀才先生来做“礼生”，代主人做祭。祭完了，每个礼生可得几尺白布，一条白腰带，还可吃一桌“九碗”或“八大八小”。大户人家，停灵日子长，天天总要热闹，故天天须有一个祭。或是自己家祭，或是亲戚家“送祭”。家祭是今天长子祭，明天少子祭，后天长孙祭……。送祭是那些有钱的亲眷，远道不能来，故送钱来托主人代办祭菜，代请礼生。总而言之，哪里是祭？不过是做热闹，装面子，摆架子！——哪里是祭！

我起初想把祭礼一概废了，全改为“奠”。我的外婆七十多岁了，他眼见一个儿子两个女儿死在他生前，心里实在悲伤，所以他听见我要把祭全废了，便叫人来说，“什么事都可依你，两三个祭是不可少的。”我仔细一想，只好依他，但是祭礼是不能不改的。我改的祭礼有两种：

一、本族公祭仪节：（族人亲自做礼生）序立，就位，参灵，三鞠躬，三献，读祭文（祭文中列来祭的人名，故不可少。）

二、亲戚公祭。我不要亲戚“送祭”。我把要来祭的亲戚邀在一块，公推主祭者一人，赞礼二人，徐人陪祭，一概不请外人作礼生。同时一奠，不用“三献礼”。向来可分七八天的祭，改了新礼，十五分钟就完了。仪节如下：序立，主祭者就位，陪祭者分别就位，参灵，三鞠躬，读祭文，辞灵礼成，谢奠。

我以为我这第二种祭礼，很可以供一般人的采用。祭礼的根据在于深信死人的“灵”还能受享。我们既不信死者能受享，便应该把古代供献死者饮食的祭礼，改为生人对死者表示敬意的祭礼。死者有知无知，另是一个问题。但生人对死者表示敬意，是在情理之中的行为，正不必问死者能不能领会我们的敬意。有人说，“古礼供献酒食。也是表示敬意，也不必问死者能不能饮食”。这却有个区别。古人深信死者之灵真能享用饮食，故先有“降神”，后有“三献”，后有“侑食”，还有“望燎”，还有“举哀”，都是见神见鬼的做作，便带着古宗教的迷信，不单是表示生人的敬意了。

再论出殡。出殡的时候，“铭旌”先行，表示谁家的丧事；次是灵柩，次是主人随柩行，次是送殡者。送殡者之外，没有别样排场执事。主人不必举哀，哀至则哭，哭不必出声。主人穿麻衣，不戴帽，不执哭丧杖，不用草索束腰，但用白布腰带。为什么要穿麻衣呢？我本来想用民国服制，用乙种礼服，袖上蒙黑纱。后来因为来送殡的男人女人都穿白衣，主人不能独穿黑，只好用麻衣，束白腰带。为什么不戴帽呢？因为既不用那种俗礼的高粱孝子冠，一时寻不出相当的帽子，故不如用表示敬意的脱帽法。为什么不用杖呢？因为古人居父母的丧要自己哀毁，要做到“扶而后能起，杖而后能行”的半死样子，故不能不用杖。我们既不能做到那种半死样子，又何必拿那根杖来装门面呢？

我们是聚族而居的，人死了，该送神主入祠。俗礼先有“题主”或“点主”之法，把“神主牌”先请人写好，留着“主”字上的一点，再去请一位阔人来，求他用朱笔蘸了鸡冠血，把“主”字上一点点上。这就是“点主”。点主是丧事里一件最重要的事，因为他是一件最可装面子摆架子的事。你们回想当年袁世凯死后，他的儿子孙子们请徐世昌点主的故事，就可晓得这事的重要了。

那时家里人来问我要请谁点主。我说，用不着点主了。

为什么呢？因为古礼但有“请善书者书主”（《朱子家礼》与《温公书仪》同）。这是恐怕自己不会写好字，故请一位写好字的写牌，是郑重其事的意思。后来的人，要借死人来摆架子，故请顶阔的人来题主。但是阔人未必会写字。也许请的是一位督军连字都不认得。所以主人家先把牌子上的字写好，单留“主”字上的一点，请“大宾”的大笔一点。如此办法，就是不识字的大师，也会题主了！我不配借我母亲来替我摆架子，不如行古礼罢。所以我请我的老友近仁把牌位连那“主”字上的一点一齐写好。出殡之后把神主送进宗祠，就完了事。

未出殡之前，有人来说，他有一穴好地，葬下去可以包我做到总长。我说，我也看过一些堪舆书，但不曾见那部书上有“总长”二字，还是请他留下那块好地自己用罢。我自己出去，寻了一块坟地，就是在先父铁花先生的坟的附近。乡下的人以为我这个“外国翰林”看的风水，一定是极好的地，所以我的母亲葬下之后，不到十天，就有人抬了一口棺材，摆在我母亲坟下的田里。人来对我说，前面的棺材挡住了后面的“气”。我说，气是四方八面都可进来的，没有东西可挡得住，由他挡去罢。

以上记丧事完了。

再论我的丧服。我在北京接到凶电的时候，那有仔细思想的心情？故糊糊涂涂的依着习惯做去，把缎子的皮袍脱了，换上布棉袍，布帽，帽上还换了白结子，又买了一双白鞋。时表上的练子是金的，——镀金的，——故留在北京。眼镜脚也是金的，但是来不及换了，我又不能离开眼镜，只好戴了走。里面的棉袄是绸的，但是来不及改做布的，只好穿了走，好在穿在里面，人看不见！我的马褂袖上还加了一条黑纱。这都是我临走的一天，糊糊涂涂的时候，依着习惯做的事。到了路上，我自己回想，很觉惭愧。何以惭愧呢？因为我这时候用的丧服制度，乃是一种没有道理的大杂凑。白帽结，布袍，布帽，白鞋，是中国从前的旧礼。袖上蒙黑纱是民国元年定的新制，既蒙了黑纱，何必又穿白呢？我为什么不穿皮袍呢？为什么不敢穿绸缎呢？为什么不敢戴金色的东西呢？绸缎的衣服上蒙上黑纱，不仍旧是民国的丧服吗？金的不用了，难道用了银的就更“孝”了吗？

我问了几个“为什么”？自己竟不能回答。我心里自然想着孔子“食夫稻，衣夫锦，于汝安乎”的话，但是我又问：我为什么要听孔子的话？为什么我们现在“食稻”（吃饭）心已安了？为什么“衣锦”便不安呢？仔细想来，我还是脱不了旧风俗的无形的势力，——我还是怕人说话！

但是那时我在路上，赶路要紧，也没有心思去想这些“细事小节”。到家之后，更忙了，便也不曾想到服制上去。丧事里的丧服，上文已说过了。丧事完了之后，我仍旧是布袍，布帽，白帽结，白棉鞋，袖上蒙了一块黑纱。穿惯了，我更不觉得这种不中不西半新半旧的丧服有什么可怪的了。习惯的势力真可怕！

今年四月底，我到上海欢迎杜威先生，过了几天，便是五月七日的上海国民大会。那一天的天气非常的热，诸位大概总还有人记得。我到公共体育场去时，身上穿着布的夹袍，布的夹裤还是绒布里子的，上面套着线缎的马褂。我要听听上海一班演说家，故挤到台前，身上已是汗流遍体。我脱下马褂，听完演说，跟着大队去游街，从西门一直走到大东门，走得我一身衣服从里衣湿透到夹袍子。我回到一家同乡店家，邀了一位同乡带我去买衣服更换，因为我从北京来，不预备久住，故不曾带得单衣服。习惯的势力还在，我自然到石路上小衣店里去寻布衫子，羽纱马褂，布套裤之类。我们寻来寻去，寻不出合用的衣裤，因为我一身湿汗，急于要换衣服，但是布衣服不曾下水是不能穿的。我们走完一条石路，仍旧是空手。我忽然问我自己道："我为什么一定要买布的衣服？因为我有服在身，穿了绸衣，人家要说话。我为什么怕人家说我的闲话？"我问到这里，自己不能回答。我打定主意，去买绸衣服，买了一件原当的府绸长衫，一件实地纱马褂，一双纱套裤，再借了一身袜衣裤，方才把衣服换了。初换的时候，我心里还想在袖上蒙上一条黑纱。后来我又想：我为什么一定要蒙黑纱呢！因为我丧期没有完。我又想：我为什么一定要守这三年的服制呢？我既不是孔教徒，又向来不赞成儒家的丧制，为什么不敢实行短丧呢？我问到这里，又不能回答了，所以决定主意，实行短丧，袖上就不蒙黑纱了。

我从五月七日起，已不穿丧服了。前后共穿了五个月零十几天的丧服。人家问我行的是什么礼？我说是古礼。人家又问，哪一代的古礼？我说是《易传》说的太古时代“丧期无数”的古礼。我以为“丧期无数”最为有理。人情各不相同，父母的善恶各不相同，儿子的哀情和敬意也不相同。《檀弓》上说：子夏既除丧而见，予之琴，和之不和，弹之而不成声，作而曰：“哀未忘也，先王制礼而弗敢过也。”子张既除丧而见，予之琴，和之而和，弹之而成声，作而曰：“先王制礼，不敢不军焉。”

这可见人对父母的哀情各不相同，子张、宰我嫌三年之丧太长了，子夏、闵子骞又嫌三年太短了。最好的办法是“丧期无数”，长的可以几年，短的可以三月，或三日，或竟无服。不但时期无定，还应该打破古代一定等差的丧服制度。我以为服制不必限于自己的亲属：亲属值得纪念的，不妨为他纪念成服；朋友可以纪念的，也不妨为他穿服；不值得纪念的，无论在几服之内，尽可不必为他穿服。

我的母亲是我生平最敬爱的一个人，我对他的纪念，自然不止五六个月，何以我一定要实行短丧的制度呢？我的理由不止一端：第一，我觉得三年的丧服在今日没有保存的理由。顾亭林说，“三代圣王教化之事，其仅存于今日者唯服制而已。”（《日知录》卷十五）这话说得真正可怜！现在居丧的人，可以饮酒食肉，可以干政筹边，可以嫖赌纳妾，可以作种种“不孝”的事，却偏要苦苦保存这三年穿素的

“服制”！不能实行三年之“丧”，却偏要保存三年的“丧服”！这真是孟子说的“放饭流歠而问无齿决，是之谓不知务”了！

第二，真正的纪念父母，方法很多，何必单单保存这三年服制？现行的服制，乃是古丧礼的皮毛，乃是今人装门面自欺欺人的形式，我因为不愿意用这种自欺欺人的服制来做纪念我母亲的方法，所以我决意实行短丧。我因为不承认“穿孝”就算“孝”，不承认“孝”是拿来穿在身上的，所以我决意实行短丧。

第三，现在的人居父母之丧，自称为“守制”，写自己的名字要加上一个小“制”字，请问这种制是谁人定的制？是古人遗传下来的制呢？还是现在国家法律规定的制呢？民国法律并不曾规定丧期。若说是古代遗制，则从斩衰三年到小功，缌，都是“制”，何以三年之丧单称为“制”呢？况且古代的遗制到了今日，应该经过一番评判的研究，看那种遗制是否可以存在，不应该因为他是古制就糊糊涂涂的服从他。我因为尊重良心的自由，不愿意盲从无意识的古制，故决意实行短丧。

第四，现行的服制实际上有许多行不通的地方。若说素色是丧服，现在的风尚喜欢素色衣裳，素色久已不成为丧服的记号了。若说布衣是丧服，绸缎不是丧服，那么，除了丝织的材料之外，许多外国的有光的织料是否算是布衣？有光的洋货织料可以穿得，何以本国的丝织物独不可穿？蚕丝织的绸缎既不能穿，何以羊毛织的呢货又可以穿得？还有羊皮既可以穿得，何以狐皮便穿不得？银器既可以戴得，金器和镀金器何以又戴不得？——诸如此类，可以证明现在的服制全凭社会的习惯随意乱定，没有理由可说，没有标准可寻；颠倒杂乱，一无是处。经济上的困难且丢开不说，就说这心理上的麻烦不安，也很够受了。我也曾想采用一种近人情，有道理，有一贯标准的丧服，竟寻不出来，空弄得精神上受无数困难惭愧。因此，我索性主张把服丧的期限缩短，在这短丧期内，无论穿何种织料的衣服，——无论布的，绸缎的，呢的，绒的，纱的，——只要蒙上黑纱，依民国的新扎制，便算是丧服了。

以上记我实行短丧的原委和理由。

我把我自己经过的丧礼改革，详细记了出来，并不是说我所改的都是不错的，也并不敢劝国内的人都依着我这样做。我的意思，不过是想表示我个人从一次生平最痛苦的经验里面得来的一些见解，一些感想；不过想指点出现在丧礼的种种应改革的地方和将来改革的大概趋势。我现在且把我对于丧礼的一点普通见解总括写出来，做一个结论。

结论

人类社会的进化，大概分两条路子：一边是由简单的变为复杂的，如文字的增添之类；一边是由繁复的变为简易的，如礼仪的变简之类。近来的人，听得一个“由简而繁，由浑而画”的公式，以为进化的秘诀全在于此了。却不知由简而繁固然是进化的一种，由繁而简也是进化的一条大路。即如文字因是逐渐增多，但文法却逐渐变简。拿英文和希腊拉丁文比较，便是文法变简的进化。汉文也有逐渐变简的痕迹。古代的代名词，“吾”“我”有别，“尔”“汝”有别，“彼”“之”有别。现代变为“我”“你”“他”“我们”“你们”“他们”，使主次宾次变为一律，使多数单数的变化也归一律。这不是一大进化吗？古代的字如马两岁叫做“驹”，三岁叫做駣，八岁叫做“馴”；又马高六尺为“骄”，七尺为“騋”。这都是很不规则的变化，现在都变简易了。

我举这几个例，来证明由繁而简也是进化。再举礼仪的变迁，更可以证明这个道理。我们试请一位孔教会的信徒，叫他把一部《仪礼》来实行，他做得到吗？何以做不到呢？因为古人生活简单，那些一半祭司一半贵族的士大夫，很可以玩那“一献之礼宾主百拜”的把戏儿。后来生活复杂了，谁也没有工夫来干这揖让周旋的无谓繁文。因此，自古以来，礼仪一天简单一天，虽有极顽固的复古家，势不能恢复那“礼仪三百，威仪三千”的盛世规模。故社会生活变复杂了，是一进化。同时礼仪变简单了，也是一进化。由我们现在的生活，要想回到茹毛饮血，穴居野处的生活，因是不可能；但是由我们现在简单礼节，要想回到那揖让周旋宾主百拜的礼节，也是不可能。

懂得这个道理，方才可以谈礼俗改良，方才可以谈丧礼改良。

简单说来，我对于丧礼问题的意见是：

一、现在的丧礼比古礼简单多了，这是自然的趋势，不能说是退化。将来社会的生活更复杂，丧礼应该变得更简单。

二、现在丧礼的坏处，并不在不行古礼，乃在不曾把古代遗留下来的许多虚伪仪式删除干净。例如不行“寝苫枕块”的礼，并不是坏处；但自称“苫块昏迷”便是虚伪的坏处。又如古礼，儿子居丧，用种种自己刻苦的仪式，“水浆不入于口者三日，杖而后能起”，所以必须用杖。现在的人不行这种野蛮的风俗，本是一大进步，并不是一种坏处；但做“孝子”的仍旧拿着哭丧棒，这便是作伪了。

三、现在的丧礼还有一种大坏处，就是一方面虽然废去古代的繁重礼节，一方面又添上了许多迷信的，虚伪的野蛮风俗。例如地狱天堂，轮回果报，等等迷信，在丧礼上便发生了和尚念经超度亡人，棺材头点“随身灯”，做法事“破地狱”“破血盆湖”等等迷信的风俗。

四、现在我们讲改良丧礼，当从两方面下手。一方面应该把古丧礼遗下的种种虚伪仪式删除干净，一方面应该把后世加入的种种野蛮迷信的仪式删除干净。这两方面破坏工夫做到了，方才可以有一种近于人情，适合于现代生活状况的丧礼。

五、我们若要实行这两层破坏的工夫，应该用什么做去取的标准呢？我仔细想来，没有绝对的标准，只有一个活动的标准，就是“为什么”三个字。我们每做一件事，每行一种礼，总得问自己：我为什么要做这件事？为什么要行那种礼？（例如我上面所举“点主”一件事）能够每事要寻一个“为什么”，自然不肯行那些说不出为什么要行的种种陋俗了。凡事不问为什么要这样做，便是无意识的习惯行为。那是下等动物的行为，是可耻的行为！